無自覚聖女は今日も無意識に力を垂れ流す
今代の聖女は姉ではなく、妹の私だったみたいです
あーもんど Almond
ILL. あんべよしろう Yoshiro Ambe

無自覚聖女は今日も無意識に力を垂れ流す

今代の聖女は姉ではなく、妹の私だったみたいです

4

あーもんど Almond
ILL. あんべよしろう Yoshiro Ambe

contents

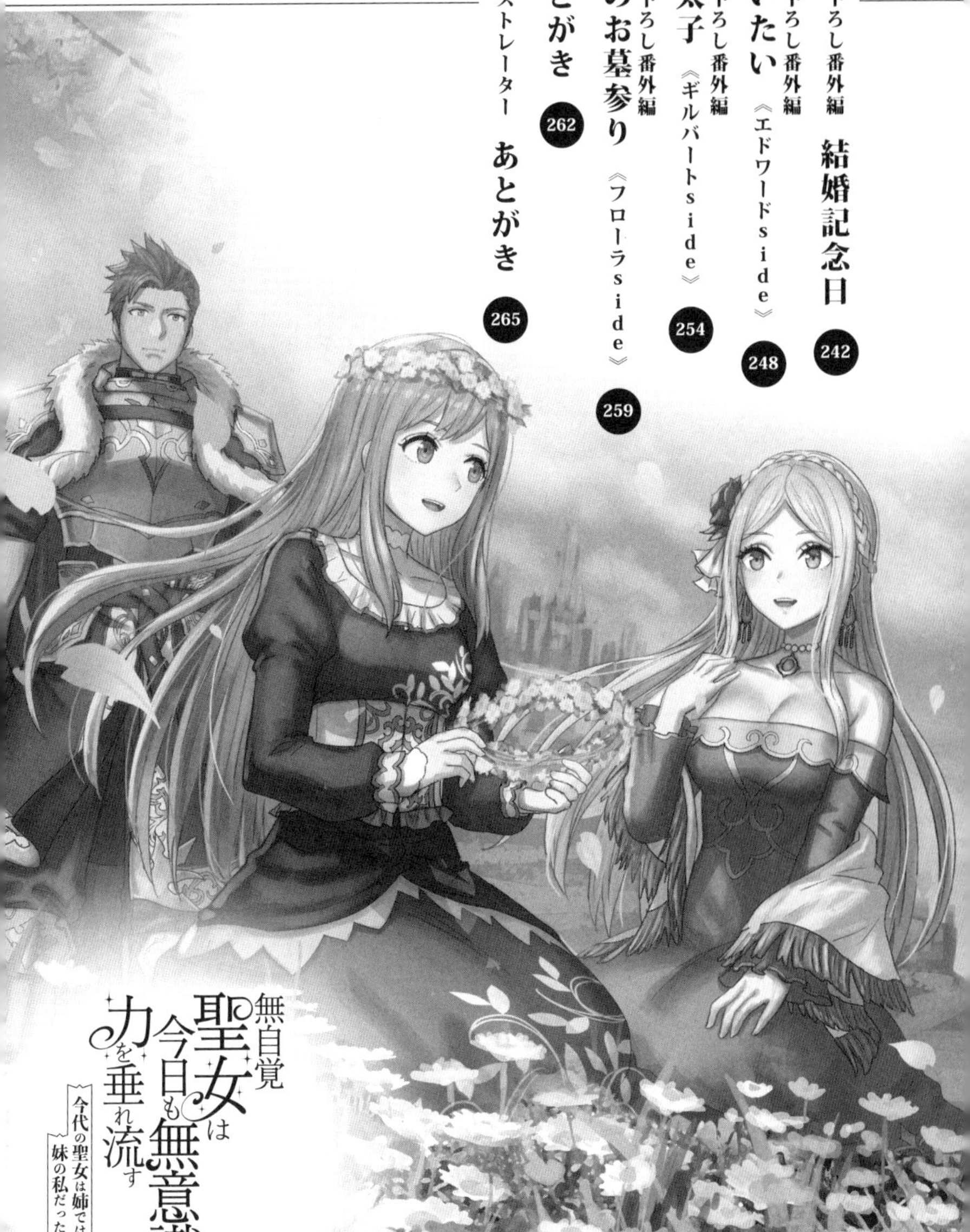

無自覚聖女は今日も無意識に力を垂れ流す
今代の聖女は姉ではなく、妹の私だったみたいです

Story
［あらすじ］

カロリーナ・サンチェス公爵令嬢は、ある日突然隣国・マルコシアス帝国の第二皇子《エドワード》との政略結婚が決まる。姉フローラへのコンプレックスと確執により、自分を愛することができなかったカロリーナだったが、エドワードや彼の家族から注がれる愛によって平穏と幸福を得る。皇太子の派閥争いから一度は命を狙われるも、危機を乗り越え、エドワードと相思相愛の夫婦になる。しかも魔力ゼロだと思っていたカロリーナが実は貴重な神聖力の持ち主であることが発覚。第一皇子ギルバートのマナ過敏性症候群をその力で完治させるが、その力に目を付けたセレスティア王国大司教の策略により彼女を連れ戻そうとする動きが起こる。テオドールやエドのおかげでこれを阻止するが、カロリーナの力を公表することと彼女の地位向上のため、「聖女試験」を実施することになる。いよいよ試験の当日を迎えるが……

テオドール

エドワードの補佐で、副団長。
頭脳明晰で天才魔法師でもある。
エドワードの幼なじみ。

フローラ

サンチェス公爵家長女。
次期聖女とも謳われ、あらゆる分野で優秀な成績を残すが、妹の前では残酷。

Characters
［人物紹介］

カロリーナ
フローラの妹で、今はエドワードの妻。彼とその家族の愛で自分を取り戻し成長する。

エドワード
マルコシアス帝国、第二皇子。
『烈火の不死鳥団』団長でもある。
カロリーナを深く愛している。

マリッサ
伯爵令嬢で、カロリーナの侍女。
冷静で寡黙な美人。

オーウェン
かつては問題児であったが、一連の騒動で改心する。カロリーナの護衛騎士。

レイモンド
セレスティア王国宰相。
多忙かつぶっきらぼうなため、カロリーナへの愛情を表現していなかったが娘思い。

ギルバート
マルコシアス帝国第一皇子。
マナ過敏性症候群を患っているが、カロリーナの治療によって再び自由を得、彼女を師匠と呼ぶように……

ヴァネッサ
マルコシアス帝国、皇后。
氷結魔法の使い手。無表情だが実は愛情深い

エリック
マルコシアス帝国、皇帝。
魔法剣士として伝説的な武勇伝をもつ。

第一章

モニカ嬢とのトラブルに終止符が打たれ、聖女試験を目前に控えたある日。

私はガーネット宮殿の客室で、エドやテオドールと顔を突き合わせていた。

聖女試験の打ち合わせと称して集まった私達だが……気心が知れたメンバーだからか、あまり緊張していない。

変わったことと言えば、ギルバート皇子殿下もこの集まりに参加していることくらいだろうか。

「いやぁ、それにしても忙しい一週間だったね。過労で倒れるかと思ったよ」

ティーカップ片手に苦笑を浮かべるギルバート皇子殿下は、『凄い仕事量だった』と零す。

聖女試験の準備にかなりの時間と体力を割いたため、疲れているようだ。

「今年の聖夜祭に間に合うよう、かなりスケジュールを切り詰めましたからね。聖女試験の運営を教会側が担ってくれるとはいえ、参加国との交渉や予算案の決定にかなり手間取りました」

「毎日、何かしらで揉めてたもんな。試験会場の場所とか、予算の見直しとか……」

「『時間がない』って言っているのに、『聖女候補用の衣装を作ろう！』って言い出した人も居たわよね。まあ、それは却下されて、代案として聖女候補用のローブを作ることになったけれど」

各々ここ一週間の出来事を振り返り、何とも言えない表情を浮かべる。

そして、互いの労をねぎらうように『お疲れ様』と言い合った。

私は帝国の聖女候補だからと、睡眠時間だけは何とか確保出来たけど、エド達は寝る暇なんてなかったでしょうね。

私だけ楽をしているようで申し訳ないけど、帝国の代表として試験に挑む以上、みすぼらしい姿は見せられない。私への評判は、帝国のイメージに関わるから。

隈を作るのはもちろんのこと、肌が荒れるのも許されないわ。

毎日マリッサに手入れしてもらっている肌に触れ、私は感触を確かめる。

滑らかで柔らかく、張りもある肌からはマリッサの並々ならぬ努力を感じた。

有能すぎる専属侍女の働きに感服する中、テオドールはわざとらしく一回咳払いする。

「さて——愚痴を言い合うのはこの辺にして、そろそろ打ち合わせを始めましょうか」

クイッと眼鏡を押し上げるテオドールは、掛け時計に目を向けた。

時計の針は十六時三十分を指しており、あと二時間もすれば夕食の時間だった。

生活リズムは出来るだけ乱したくないから、夕食前に打ち合わせを終わらせたいわね。

エド達だって、今日は久々にぐっすり寝たいでしょうし。

少し顔色が悪いエドの横顔を見つめ、私は言葉の先を促すようにコクリと頷く。

すると、テオドールはテーブルの上にある資料を手に取った。

「まず、聖女試験の会場についてですが、教会本部のホールで執り行われることになりました。選定試験の時と違い、特設ステージが設けられ、そこで試験を行う予定です。客席は出来るだけ多く設置する手筈になっていますが、参加国全ての要人を会場内に入れることは出来ないので、各国の王族と大貴族を優先的に入場させます」

淡々とした声で資料の内容を読み上げるテオドールは、ペラリと次のページを捲る。

「また、試験の様子は魔道具を通して世界中に中継《発信》されます。魔道具の数が限られているため、帝都には二つしか設置出来ませんが、平民の目に触れる場所にも置く予定です。一応、これは国を挙げてのイベントになるので」

試験の様子を映し出す魔道具って、確か私達の結婚式に使われたやつよね？

国の一大イベントじゃないと使えないものだって聞いたから、再びお目に掛かるのはもっと先だと思っていたけど、意外と早かったわね。

まあ、世界中の人々に自分の姿を見られるのかと思うと、ちょっと恥ずかしいけれど……。出来れば、次は映される側じゃなくて、映像を見る側になりたいわね。

「次に聖女試験の運営についてですが、これはさっきも言った通り、教会側に一任しています。我々が下手に関わると、苦情が出ますからね。不正をしているのでは、と勘繰られる可能性もありますし……なので、基本不干渉を貫き通します。それから──試験の審判は教皇聖下自ら務めるようです」

テオドールがサラッと口にした衝撃の事実に、私は思わず『まあ！』と声を上げてしまった。

エドやギルバート皇子殿下もこれは予想外だったようで、目を剝いている。

「聖下自ら審判役を……？　結果なんて分かりきっているんだから、適当な人に任せればいいのに」

「でも、教皇聖下が審判役になってくれれば、審議に口を挟む愚か者は居ないだろう。そういう面では、有り難いな」

『揉める心配がない』と語るエドに、私達はそれぞれ共感を示す——と同時に安堵した。

何故なら、審議による揉め事は何度も議題に上がり、私達の頭を悩ませていたから。

なので、これは渡りに船だった。

「ギルバート皇子殿下の仰る通り、結果なんて分かり切っていますが、聖下には『公平な判断を』とお願いしています。変に肩入れして、後々問題になっても困りますからね。そして、カロリーナ妃殿下のお力を発表するタイミングについてですが——授賞式の時、教皇聖下の口から言ってもらう手筈になっています」

書面から顔を上げたテオドールは、真っ直ぐにこちらを見据えた。

かと思えば、こう言葉を続ける。

「試験中にカロリーナ妃殿下が神聖力の持ち主だと気づいた、というスタンスを取って頂く予定です」

『一部事実を捻じ曲げる』と述べたテオドールに、迷いはなかった。

そうしないと、こちらが不利益を被ると確信しているからだろう。

聖下に一芝居打ってもらうのは申し訳ないけど、『ずっと前から判明していました』って言ってしまうと、確実に苦情が出るものね。

聖女信仰協議会を設立したのは、神聖力の持ち主を独占するためか！　って。

だから、どうしても偶然を装う必要があった。

「聖下の口から言ってもらえれば、『嘘じゃないか』と疑う人は居ないだろうしね。少なくとも、表面上は」

『聖下から発表してもらっても、信じない人はきっと居る』と主張するギルバート皇子殿下に対し、テオドールは小さく肩を竦めた。

「まあ、実績を積めば、否が応でも信じることになるでしょう。なんせ、カロリーナ妃殿下は教皇聖下をも凌ぐ実力の持ち主なんですから。あれこれ、工作する必要はないかと……それより、次の話に移りましょう」

おもむろに眼鏡を押し上げたテオドールは、レンズ越しに見えるペリドットの瞳をスッと細めた。

「これはつい先日上がった報告なのですが――セレスティア王国の聖女候補は、フローラ・サンチェス公爵令嬢に決まったようです」

久しぶりに姉の名前を耳にした私は、ピクッと反応を示し、硬直した。

エド達のおかげで少しずつフローラの呪縛から解放されているとはいえ、依然として苦手意識を持っている。

彼女の話題になっただけで、表情を強ばらせる程度には……。

「……まあ、フローラお姉様は優秀な聖魔法の使い手だし、聖女候補に選ばれてもおかしくないわよね。むしろ、それが自然だと思う」

だって、私は何度も見てきたから……フローラが両手で収まらないくらいの怪我人を、一瞬で治していく姿を。

彼女の実力は間違いなく、セレスティア王国一だった。

『なるべくしてなった』とでも言うべき事態を前に、私は不安を呑み込む。

子供のように駄々を捏ねてはいけない、と自分に言い聞かせながら。

ギュッと手を握り締め、必死に耐えていると──エドが私の手を包み込んだ。

「リーナ、大丈夫だ。姉を怖がる必要はない。お前は第二皇子の妻で、神聖力の持ち主なんだから」

「そうですよ、カロリーナ妃殿下。むしろ、今までさんざん馬鹿にしてきた憎き姉を見返すチャンスです。圧倒的力を見せつけて、嘲笑ってやりましょう」

「えーっと……あまり話についていけないけど、師匠なら大丈夫だよ。なんてったって、神の愛し子なんだから」

慰めの言葉ではなく、励ましの言葉をくれる彼らは『姉を見返してやれ』と強気に笑う。

腹黒なテオドールに関してはニヤリと口角を上げ、『姉の無様な姿を拝んでやりましょう』と言っていた。

テオドールは本当に勇ましいというか、なんというか……でも、おかげで元気が出たわ。

ありがとう、三人とも。

「そうよね。エド達の言う通りだわ。お姉様を見返す、またとないチャンスだもの——完膚なきまでに叩きのめす、くらいの気構えがないと！　この際だから、フローラお姉様に一矢報いてくるわ！」

胸の前で小さく手を握り、私は力強く宣言した。

報復《復讐》に燃える私の横で、エドはクスリと笑みを漏らす。

「それでこそ、俺の妻だ」

そう言って、彼は私の髪に唇を落とした。

こちらを見つめる黄金の瞳は、砂糖のような甘さを含んでおり……思わず照れてしまう。

じわりと上がる体温を前に、『きっと耳まで真っ赤になっているんだろうな』と予想した。

『こんな表情《かお》、誰にも見せられない！』と俯く私の前で、テオドールはやれやれと頭《かぶり》を振る。

「言いたいことは、たくさんありますが……まあ、いいでしょう。今回は不問とします」

注意するのが面倒だったのか、テオドールは呆れ顔でこちらを見つめるだけだった。

『はぁ……』と溜め息を零し、脱力すると、おもむろに資料を閉じる。

「カロリーナ妃殿下、『フローラ・サンチェス公爵令嬢が来るから』という訳ではありませんが、聖女試験で手加減する必要はありません。思い切り、神聖力を使って頂いて構いませんよ」

『ご存分にどうぞ』と告げるテオドールに、私は元気よく頷いた。

『手加減』という名の制約がなくなったことに歓喜しながら、ゆるりと口角を上げる。

——私の中にフローラとの再会を恐れる気持ちは、もうなかった。

聖女試験、全力で取り組ませてもらうわ！


――――と決意したのが、ちょうど半月前。

私は新たな目標を胸に、ひたすら準備に励み、聖女試験当日を迎えた。

期待や緊張の入り交じった心境で馬車に揺られる私は、窓の外にふと目を向ける。

聖女候補の馬車とあってか、護衛の数は半端なく、四方を囲まれていた。

仰々しいとでも言うべき警備態勢に、周囲の人々は興味津々で……手を振ってくる子供まで居る。

街の大人達も、馬車のデザインから聖女候補の馬車だと見抜いたのか、『頑張ってください！』

と声援を送ってくれた。

ちょっと照れ臭いけど、応援してくれるのは素直に嬉しいわね。

彼らの期待に応えるためにも、今日は頑張りましょうか。

僅かに頬を緩める私は擽ったい気持ちになりながら、小さく手を振り返す。

すると、向かい側に座るテオドールがクスリと笑みを漏らした。

「良かったですね、カロリーナ妃殿下。大人気ですよ」

「だ、大人気だなんて……私が聖女候補だから、応援してくれているだけよ」

「では、カロリーナ妃殿下が聖女になったら更に人気が高まりますね」

「ああ。それにリーナは可愛いからな」

何故か当の私ではなく、エドが納得して首を縦に振ってしまった。

表情はいつもと変わらない無表情なのに、黄金の瞳は真剣そのもので……否が応でも、本心だと分かる。

お世辞などではないエドの褒め言葉に、私は頬を紅潮させた。

「おやおや……林檎みたいに真っ赤ですね」

「リーナは褒め言葉に慣れていないからな。まあ、そういうところも堪らなく愛おしいが」

甘さを含んだバリトンボイスで愛を囁かれ、私は恥ずかしさのあまりフードを被る。

そして、顔全体を覆い隠すようにフードの端を引っ張るものの……下から顔を覗き込まれてしまう。

これでは、フードを被った意味がなかった。

「リーナ、一つ言い忘れていたが――そのローブ、よく似合っているぞ。お前のためにデザインされたかのようだ」

黄金の瞳を僅かに細めるエドは、追い討ちを掛けるように更なる褒め言葉を並べる。

無意識に甘い雰囲気を醸し出す旦那様に、私はもう降参するしかなかった。

白旗を揚げる代わりにフードを取り、私はローブに視線を落とす。

これは聖女候補にのみ与えられたもので、白をベースに作られている。

差し色には、浄化を表す青と治癒を表す黄緑が使われていた。

こんなに素敵なローブが自分に似合うとは、到底思えないが……エドの言葉に嘘はないから。

たとえ、そう思ってくれるのが彼だけでも……いや、彼だからこそ嬉しかった。

「ありがとう、エド」

「礼を言う必要はない。俺はただ思ったことを口に出しただけだ」

照れながらお礼を言う私に、エドは小さく首を振り、僅かに頬を緩める。

――――と、ここで馬車が止まった。

窓の外へ目を向ければ、真っ白な建物が目に入る。

もう教会本部に着いたのね。エドやテオドールと雑談していたからか、あっという間に感じるわ。

『時の流れって早いわね』と驚きつつ、私は正面玄関の様子を窺う。

通行を制限されたそこはあまり人が居《お》らず、教会関係者や王族の馬車がちらほらある程度だった。

野次馬が居ないことにホッとしていると、御者の男性がゆっくりと扉を開く。そして、素早く台を下に設置した。

『どうぞ』と促す彼に一つ頷き、私達は順番に馬車を降りていく。

外の空気は当然ひんやりしていて、口から白い息が出た。

さすがに外は寒いわね。エドの魔法で保温されていた馬車内とは、大違いだわ。

凄まじい寒暖差だと驚きながら、私は冷気を通さない作りのローブに感謝した。

『いい布を使ったおかげでそんなに寒くない』と感激していると、不意に手を引かれた。

「リーナ、ここは冷える。さっさと中に入ろう」

「試験直前に風邪なんて引いたら、洒落になりませんからね」

麗しい殿方二人に促され、私はうっすら雪の積もった地面を歩く。

定期的に除雪を行っているのか、正面玄関前はそれほど雪が積もっていなかった。

「リーナ、足元に気をつけろ」

「ええ、ありがとう」

凍った地面や段差がある度、声を掛けてくれるエドに、私はニッコリと微笑む。

斜め後ろからテオドールの生ぬるい視線を感じつつも、何とか玄関前に辿り着いた。

両脇に控える聖騎士が静かに頭を下げる中、私達は開きっぱなしの扉から教会本部へ足を踏み入れる。

魔法でも使っているのか、中はとても温かく、外の寒さが嘘のようだった。

扉を開けたままの状態で、この室温を保っているのは凄いわね。

「テオ、控え室は右か?」

「左です、エドワード皇子殿下。今朝、何度も説明しましたのに……聞いてなかったんですか?」

『子供にすら劣る集中力ですね』と嫌味を零すテオドールは、エドに鋭い視線を向けた。

説教の気配を感じ取ったエドはビクッと肩を揺らし、視線を右往左往させる。

「あ、いや……そういう訳じゃない。ちゃんと聞いていたぞ。ただ、覚えていないだけで……」

「覚えていないだけ、ですか……」

胡散臭い笑みを顔に貼り付けるテオドールは、意味ありげに言葉を復唱する。

レンズ越しに見えるペリドットの瞳は『覚えていなければ、説明した意味がないんだよ』と強く主張していた。

「エドワード皇子殿下の記憶力は、鶏レベルのようですね。まあ、最初から分かりきっていましたが……殿下に案内を頼むと確実に迷う自信があるので、控え室までは私が案内致します」

今日もテオドールの毒舌は絶好調のようで、小言という名の嫌味をエドにぶつける。

幾つかただの悪口が含まれていたが、それを指摘する勇気はなかった。

「あ、ああ……よろしく頼む」

「はい、お任せください」

ニッコリと笑って臣下の礼を取るテオドールは、案内役として先頭を歩き出す――が、何を思ったのかピタッと動きを止めた。

かと思えば、こちらを振り返る。

「一つ言い忘れていましたが――控え室に着いたら、エドワード皇子殿下のお粗末な頭……じゃなくて、記憶力についてお話ししたいことがあるので、覚悟しておいてください」

遠回しに『後でしっかり説教しますからね』と宣言したテオドールに、エドは目を剝いた。

『さっきので終わりじゃなかったのか!?』とでも言うように。

でも、反論する度胸はないようで……力なく頷いた。

ガクリと項垂れるエドを前に、テオドールは満足気に微笑む。

そして、再び歩みを進めると――廊下の曲がり角から一人の女性が現れた。

白銀色の長髪を後ろで結い上げ、白いローブを身に纏う彼女は『ふぅ……』と息を吐く。

仕草や表情に疲労感を滲ませる彼女を前に、私は思わず固まった。

何故なら、彼女の正体に心当たりがあったから。

ちょっと顔色が悪いけど、間違いない……彼女は――――フローラだわ。

テオドールの報告で、聖女試験に参加することは知っていたけど、まさか廊下でばったり出会《でくわ》すなんて……。

予想外の展開に心底驚き、私はフローラの顔をまじまじと見つめる。

落ち着かない様子でしきりに喉を撫でる彼女は、おもむろに顔を上げた。

かと思えば、我々の存在に気がつき、大きく目を見開く。

どうやら、この再会は彼女の仕組んだものではないらしい。

パパラチアサファイアの瞳を不安げに揺らすフローラは少し悩むような動作を見せたあと、小さく息を吐いた。

青白い顔に笑みを貼り付け、どことなく親しげな様子でこちらに駆け寄ってくる。

「久しぶりね、カロリーナ。会えて、とっても嬉しいわ。エドワード皇子殿下もご機嫌よう。いつも、妹がお世話になっています」

『妹思いのいい姉』を演じるセレスティア王国一の美女は、優雅にお辞儀する。

他人の目を気にしてか、私に嫌味を言うことも不遜な態度を取ることもなかった。

もし、ここにエドやテオドールが居なければ、『出来損ないのネズミが会場に紛れ込んでいるようね』くらい言われただろう。

まあ、こうもあからさまに『いい姉』アピールをされるのも、不快だけれど……。

演技とは思えないほど、優しげな眼差しを向けるフローラに嫌悪感を募らせる中、ふと隣に目をやる。

すると、そこには――――仏頂面を晒すエドの姿があった。

以前、フローラについて色々愚痴を言ったせいか、彼はあからさまに顔を顰めている。

言葉を交わすことさえ嫌なのか、固く口を閉ざしていた。

フローラの素晴らしい演技――――という名の猫被りを見れば、エドも他の人達みたいに『いいお姉さんじゃないか』と考えを改めるかもしれないと思ったけど……その心配はなかったみたいね。

エドはいつだって、私の味方だから。

『誰か一人でも味方が居てくれるだけでこんなにも心強いのか』と思いながら、私は頬を緩めた。

すると、『カロリーナ妃殿下の味方はエドワード皇子殿下だけじゃありませんよ』とでも言うようにテオドールが一歩前に出る。

「カロリーナ妃殿下の姉君であらせられる、フローラ・サンチェス公爵令嬢とお見受けます。私はエドワード皇子殿下の補佐をさせて頂いている、テオドール・ガルシアと申します。ご家族との再会に水を差すようで申し訳ありませんが、我々は先を急いでおりますので道を開けて頂けると幸いです」

『皇族の道を塞ぐな』と主張したテオドールに対し、フローラは僅かに眉を動かした――――が、決して笑顔を崩さない……。

「それは大変申し訳ありませんでした。妹との再会につい舞い上がってしまって」

「そうでしたか。でも、おかしいですねぇ……私の見間違いでなければ、フローラ嬢が我々を見つけてから、こちらに駆け寄ってくるまでかなり間があったと思いますが……」

「それはきっと妹との再会が嬉しくて、呆然としていただけですわ。まさか、こんなところで会えるとは思いませんでしたから」

テオドールに痛いところを突かれても動揺せず、にこやかに対応するフローラは『素晴らしい』の一言に尽きる。

咄嗟の切り返しも、実に見事だった。

私だったら、あんな風に返答出来なかったと思うわ。確実に言葉を詰まらせていた……。

悔しいけど、こういった面ではやはり敵わないわね。

認めざるを得ないフローラの才能に感心していると、テオドールが不意に口角を上げた。

「おやおや、そうでしたか。フローラ嬢は随分とカロリーナ妃殿下を大切になさっているようですね。ところで――そんなに仲がよろしいのに、何故一通も手紙を送ってこなかったのですか？」

「!!」

これが真の狙いだったとでも言うように、テオドールは目を光らせる。

取り繕うことすら出来ない鋭い指摘に、フローラは一瞬だけ顔を引き攣らせた――が、直ぐに笑顔に戻る。

そして、何事もなかったかのようにこう答えた。

「何度も送ろうと思ったのですが、どうにも忙しくて……セレスティア王国の内情はテオドール様もご存知でしょう？」

「ええ。ですが、お父上のレイモンド公爵は……」

「あっ！　そう言えば、先を急いでいるんでしたね！　長々と引き止めてしまって、申し訳ありません。この話はまた今度にしましょう」

テオドールの言葉をわざと遮ったフローラは、壁際まで素早く移動する。

このまま会話を続けるのは不味いと判断したようで、『どうぞどうぞ』と先を促した。

『先を急いでいる』と言ってしまった手前、会話の続行は難しい。

また、ここに留まる理由も特にないため、私達は一切反発しなかった。

「今日はお互い頑張りましょうね、お姉様」

案内役のテオドールを先頭に、私達はフローラの前を通り過ぎる。

すると、後ろから小さな……本当に小さな舌打ちが聞こえた。

まあ、この程度の嫌がらせはいつものことなので、気にせず歩みを進めたが……。

「……大丈夫か？」

そう言って、私の頬を撫でたのは外でもないエドだった。

主語すらないぶっきらぼうな言葉とは裏腹に、こちらを見つめる黄金の瞳は優しげで……温かい気持ちになる。

「ええ、平気よ。お姉様に会えばもっと色んな感情が湧き起こるかと思ったけど、意外と普通だったわ。それにテオドールがやり返してくれたから。ちょっとスッキリしているくらいよ」

終始こちらのペースに呑み込まれていたフローラを思い出し、私はクスリと笑う。

するとテオドールは嬉しそうにペリドットの瞳を細めた。

「お気に召したようで、何よりです。それより――フローラ嬢の顔色が優れないようでしたが、体調でも悪いんでしょうか？」

不思議そうに首を傾げるテオドールは、何の気なしに疑問を口にする。

『持病でもあったのですか？』と尋ねてくる彼に、私は首を左右に振った。

「お姉様はたまに風邪を引く程度で、体は健康そのものよ。あそこまで顔色の悪いお姉様は、私も初めて見たわ。もしかしたら、聖女試験の準備で無理をして体調を崩したのかもしれないわね。でも……」

「――完璧主義のフローラ嬢が体調管理を怠り、試験前にコンディションを崩すとは思えないと？」

全く同じ見解を持つテオドールに、私はコクリと頷いた。

セレスティア王国の魔物問題や植物問題を除いて、フローラがミスや失敗をしたことは一度もない。

完璧令嬢と謳われる所以は、その徹底した性格にあるから。

一切の妥協を許さない彼女が、このような失態を演じるなど考えられなかった。

『何か事情があるのだろうか』と考え込む私の横で、エドは口を開く。

「あの女の体調なんて、どうでもいいだろ。俺達には関係ない。それより、今は試験に集中しろ」

一応義姉に当たるフローラを『どうでもいい』の一言で一蹴したエドに、迷いは感じられない。名前すら呼ぼうとしない彼の態度から、フローラを身内として認める気はないのだろうと推測した。

「正論ですね。エドワード皇子殿下にしては珍しく」

「おい！　一言多いぞ！」

「おやおや……私はただ褒めているだけですよ？　エドワード皇子殿下」

ムッとしたように眉を顰めるエドに対し、テオドールはクスクスと楽しげに笑う。

いつものようにギャーギャーと騒ぐ二人を前に、私は僅かに頬を緩めた。

確かにエドの言う通りね。

今はフローラの体調より、聖女試験に集中しましょう。本番は直ぐそこまで差し迫っているのだから。

他のことに気を取られている暇なんて、ないわ。

フルフルと首を左右に振って雑念を追い払った私は、聖女試験に意識を集中させる。

――と、ここでようやく控え室に辿り着いた。

そこで束の間の休息を取り、試験会場へ移動した私は、ステージ脇から周囲の様子を窺う。

開会式の五分前となった会場内は多くの人で溢れ返っており、ほぼ満席状態だった。

また、ステージ脇にある待機場所には各国の聖女候補が顔を揃えている。

その中には当然ながら、フローラの姿もあるが……私は気にしないよう、心掛けた。

『もうすぐ本番だから気を引き締めなきゃ』と奮起する中――――ついに開始時刻となる。

と同時に、ステージ上に神官の男性が現れた。

祭服を身に纏う彼の登場に、会場内はシーンと静まり返る。

「――――これより、聖女試験の開会式を執り行います。会場の皆様は、ご起立ください」

起立を促された観客達は王族・貴族問わず、ゆっくりと立ち上がる。

ここで『私に指図するとは何者だ！』と騒ぐ不届き者は、さすがに居なかった。

「神の御名《みな》において、聖女試験の開幕を宣言します。聖女候補をはじめとする全ての人々に、神のご加護があらんことを」

「「神のご加護があらんことを」」

司会者の言葉を追う形で復唱した観客達は皆《みな》、両手を組み、瞼を下ろす。

各国の王侯貴族たちが自国の聖女候補の勝利を祈る中、神官の男性は『ご着席ください』と静かに言い放った。

観客達が全員椅子に座り直したところで、神官の男性はサッとステージの端に寄る。

そして、ステージ脇に居る私達にチラッと視線を向けた。

「それでは、聖女候補の入場です。盛大な拍手でお迎えください」

その言葉を合図に、どこからかトランペットの音が鳴り響いた。

うっとりするほど美しい音色を聴きながら、聖女候補《私達》は一列に並ぶ。

そして、トランペットの演奏が終わるのと同時に、ステージへと上がっていった。

眩い光に照らし出された私達は慎重に歩みを進め、事前に決められた立ち位置で足を止める。

張り詰めたような緊張感と品定めするような視線に晒される中――――貴賓席に居るエドと目が合った。

家族全員で来てくれたのか、エリック皇帝陛下やヴァネッサ皇后陛下の姿もある。

もちろん、ギルバート皇子殿下とテオドールも一緒に居た。

皆、来てくれたのね。凄く嬉しいわ。

あまりにも豪華な面子《メンバー》に喜びを隠し切れない私は、フッと頬を緩めた。

『頑張れ』と口パクで応援してくれる彼らにニッコリと微笑み、小さく頷く。

すっかり気が緩んでしまった私を他所に、最後尾のフローラが斜め後ろで立ち止まった。

これでようやく全ての聖女候補が、ステージ上に揃う。

「盛大な拍手を、ありがとうございました。以上、二十三名が今回の聖女候補になります。候補者の紹介につきましては、お手持ちのパンフレットをご参照ください」

神官の男性がそう言うと、観客達はおもむろにパンフレットを開き、文面に視線を落とした。

黙々と文章を読み進めていく彼らの前で、神官の男性はコホンッと一回咳払いする。

「続きまして、教皇聖下からお言葉を頂きます。教皇聖下はこちらへどうぞ」

神官の男性が一歩後ろに下がり道を開ければ、ステージ下から白と金の祭服に身を包むご老人が現れた。

十字架の杖を手に持つ彼は、ゆったりとした足取りでステージ前の階段を上がる。

最敬礼する神官の前を通り過ぎ、メルヴィン・クラーク・ホワイト教皇聖下はステージの中央で足を止めた。

我々聖女候補の前に立つ彼の背中は大きく、その地位に相応しい威厳を纏っている。

普段は凄く穏やかで優しいから、たまに忘れそうになるけど、歴とした教会のトップなのよね。

「私の声を聞いている全ての者達よ、貴重な時間を割き、聖女試験を見に来てくれたこと心から感謝する。それから、この催しに協力してくれた全ての者達に、感謝と敬意を表する。短期間で聖女試験を開催出来たのは、多くの人々が力を貸してくれたおかげだ」

酷く穏やかな声で感謝を口にする教皇聖下は一通り礼を述べた後、不意にこちらを振り返る。

厳かな雰囲気を放ちながらも、その穏やかな表情はいつもと変わらなかった。

「そして、聖女試験を受けるべく集《つど》った少女達よ、今日は存分に力を発揮して欲しい。君達の活躍を期待している」

そう言って、にこやかに微笑んだ教皇聖下は一瞬だけ私と目を合わせる。

孫を見るような優しい眼差しに瞠目するが、彼は直ぐに身を翻した。

かと思えば、何事もなかったかのように挨拶を続ける。

私の勘違いかもしれないけど、『頑張って』って言われた気がするわ。

「長々と話すのも興が冷める故、挨拶はここまでとしよう。最後になるが、この催しを存分に楽しんでくれたまえ」

仰々しい言い回しで挨拶を締め括った教皇聖下は『神の御加護があらんことを』と言って、来た道を引き返す。

そして、ステージ近くの審査員席に座った。

「教皇聖下、ありがとうございました。では、次に聖女試験の大まかな説明をさせて頂きます」

教皇聖下の挨拶に感動を表す観客達を他所に、神官の男性は淡々と式を進行する。

「壇上にいらっしゃる聖女候補の皆さんには、これから三つの試験を受けてもらいます。試験の内容についてはその都度説明致しますので、質問はお控えください。また、本試験はポイント制で行う予定です。各試験の結果を数値化し、最もポイントの高い候補者が聖女となります」

事前に公表していた聖女試験の内容に、観客も聖女候補《私達》も大して驚くことなく、頷く。

聖女候補一人一人の能力を数字として見られるこのシステムは、一目見ただけで優劣が示されるため非常に分かりやすかった。

「基本的に途中退場や失格はありません。各試験の結果を総合して、聖女を決めますので……ただ他の候補者に危害を加えたり、不正が発覚した場合は失格となり、退場して頂きます。間違ってもそうならないよう、お気をつけください」

そう言うと、神官の男性は会場の隅に控える聖騎士へ意味ありげな視線を送る。

『やむを得ない場合は強硬手段に出る』と遠回しに伝えているのだろう。

聖女候補の選定試験で殺人未遂事件が起きたから、教会側も警戒しているのね……。

事件の当事者としては有り難いような、申し訳ないような……微妙な気分だわ。

モニカ嬢との一件を思い出し、私は首に手を当てる。

『あんな思いはもう二度と御免だわ』と思いながら……。

「聖女試験の大まかな説明は以上になります。続いて、第一試験の準備に入ります。聖女候補及び会場の皆様は、その場でお待ちください」

神官の男性がそう言うと、ステージ袖からシスター姿の女性が複数人現れた。

穏やかに微笑む彼女達は、手に持った布の山を我々の前にせっせと運んでくる。

『何だ、これは』と誰もが首を傾げる中、全ての聖女候補の前に布の山が並べられた。

ところどころ汚れた布を見下ろし、第一試験の内容を予想していると、今度は大きめの箱が運ばれてくる。

中身が空っぽの箱は布の横に置かれ、ますます我々を混乱させた。

『どういう組み合わせだ?』と疑問に思う中、シスター姿の女性陣はステージの隅に移動する。

無言で待機する彼女達の手には、予備の布が大量にあった。

「第一試験の準備が整いましたので、説明に入ります。聖女候補の皆さんには、これからタオルの洗濯……もとい、浄化をして頂きます。使用済みのタオルを一枚浄化するごとに、一ポイント差し上げます。もちろん、汚れを浄化し切れなかったタオルについては、カウントに含まれませんのでお気をつけください」

『適当に浄化してもポイントは貰えないぞ』と忠告する神官の男性に、何人かがビクッと肩を揺らす。

適当に浄化して、ポイントを稼ぐつもりだったのか、ばつの悪い顔をしていた。

まあ、このルールならポイントを荒稼ぎ出来るものね。

ズルをしてでも、ポイントを多く稼ぎたい気持ちは分からないでもないわ。

「浄化したタオルは、横にある箱に入れてください。入れ方に関しては雑でも構いません。また、手持ちのタオルを全て浄化しても、直ぐに別のタオルを持って来ますのでその場でお待ちください」

『他人のタオルを取らないように』と釘を刺し、神官の男性は一度大きく息を吸い込んだ。

「制限時間は十五分になります。それでは――――始めてください！」

会場全体に響き渡る大声で試験開始を宣言し、神官の男性はステージの隅に下がった。

刹那――――ステージ上に居る聖女候補たちが、一斉にタオルの浄化を始める。

汚れるのも厭わず次々とタオルを手に取る彼女達は、一枚一枚丁寧に浄化魔法を掛けていった。

『汚れの残ったタオルはポイントに含まれない』と説明されたせいか、みんな速さよりも確実性を優先したみたいだ。

――――まあ、私はそんなことしないけれど。

だって、こういうのは効率が大事なんだから。

候補者達の横顔を一瞥し、私は目の前に積み重なったタオルの山を見下ろす。

そして、選定試験の時と同じように両手を組んだ。

わざわざお祈りのポーズを取る必要はないけど、こうした方が気持ちが入りやすいのよね。

神聖力は私の願いに応じて発動する力だから、雰囲気作りは意外と大事だった。

「神よ、私の目の前にあるタオルの穢《汚》れをお祓いください」

どのタオルなのかきちんと指定した上で、そう強く願えば――――目の前にあるタオルが淡い光で包まれた。

月明かりのように柔らかく神々しい光を前に、観客達はざわめく。

『普通の浄化魔法じゃないぞ』と口々に言う彼らを他所に、光は収まった。

かと思えば――――新品のように真っ白なタオルが目に映る。

きちんと全部浄化出来たみたいね。

洗い残し《浄化残し》はなさそうだし、このまま箱の中に入れてしまいましょう。

そう判断した私は、綺麗になったタオルを箱の中に入れる。

すると、シスター姿の女性達が慌てて追加のタオルを運んできてくれた。

『ありがとう』と笑顔でお礼を言ってから、私は追加分のタオルに浄化を施す。

一度にまとめて浄化するせいか、また直ぐに新しいタオルが必要になり……女性陣を走り回らせることになってしまった。

なんだか、申し訳ないわね。

出来れば手伝ってあげたいところだけど、神官の男性に『無闇に動くな』と言われているから……。

ルール上、勝手に動けない私はせっせとタオルを運ぶ彼女達に、『ありがとう』と声を掛けることしか出来ない。

歯痒い気持ちでいっぱいになるものの、作業ペースを落とす訳にもいかず……ひたすら、浄化を続けた。

呆気に取られる観客達を他所に、私は周囲を見回す。

他の候補者達は私に触発されたのか、一枚ずつ丁寧に浄化することをやめ、五、六枚ほど一遍に浄化をしている。

『はぁはぁ』と息を乱す彼女達の額には、玉のような汗が浮かんでいた。

『大丈夫かしら?』と体調を気に掛ける私はふとフローラの様子が気になって、後ろを振り返る。

私の斜め後ろに立つ彼女は他の候補者達と同様、呼吸を乱していた。

かなり無理をしているのか、今朝より更に顔色が悪くなっている。

「はぁはぁ……っ！　胸が……！」

手に持ったタオルを放り投げたかと思えば、突然胸元を押さえて苦しみ出す。

短い呼吸を繰り返し、痛みに耐えるフローラは誰の目から見ても異様だった。

魔力の大量消費が体に悪いことは知っているけど、普通こんなに苦しむものなのかしら……?

他の候補者達も辛そうではあるけど、フローラほどではないわ。

今朝だって、体調が悪そうだったし……ちょっと心配ね。

「あの、お姉様。だいじょ……」

憎き相手とはいえ、苦しんでいる人を放っておくことが出来ず、私は声を掛ける——が、キッと睨まれてしまった。

パパラチアサファイアの瞳からは、『話しかけてくるな』と強く意思を感じる。

余計なお世話だとでも言いたいのだろう。

フローラにとって、私の気遣いは煩わしいものでしかないから。

……心配ではあるけど、本人があああでは何も出来ないわ。

今は放っておきましょう。いざという時は、自分で対処するでしょうし。

『出しゃばってはいけない』と自分に言い聞かせ、私は口を噤んだ。

フローラからパッと目を離し、手元に視線を落とす。

そして、気持ちを切り替えると、タオルの浄化を再開した。

――それから、黙々と作業を続けること五分……なんと、制限時間を過ぎる前に用意されたタオルがなくなってしまった。

原因は言わずもがな、私で……こんもりと盛り上がったタオルの山を三つも作り出してしまった。

当然ながら、箱に収まる量ではなく……これでもかというほど、はみ出ている。

それでも、出来るだけ場所を取らないよう上へ上へと積み上げたので、まだマシだった。

まあ、そのせいで視界を遮られ、前が見えないが……。

「え、えー……試験用に調達したタオルに加え、急遽用意したタオルも全てなくなったため、カロリーナ妃殿下は待機でお願いします。他の候補者も手持ちのタオルが浄化出来次第、その場で待機してください。我々の読みが甘く、充分な量のタオルを用意出来ず、申し訳ありません」

神官の男性が教会を代表して頭を下げ、運搬役の女性陣もそれに続く。

教会側が謝罪する事態に発展し、私は『もしかして、やりすぎた……？』と密かに冷や汗をかいた。

まさか、こんなことになると思わず、内心焦っていると――試験終了を告げる鐘が鳴る。

「そ、そこまで！　第一試験終了です！」

まだタオルを使い切った事実を呑み込めていないのか、神官の男性は上擦った声で試験終了を宣言した。

すると、他の候補者達は慌てて手を止める。

急いでタオルから手を離し、『何もしてませんよ』とでも言うように距離を取った。

――と、ここで運搬役の女性陣がいそいそとタオルの入った箱を運び出していく。

こんもりと盛り上がった私の箱に関しては、二人がかりで運んでいった。

「これより、タオルの集計に入ります。聖女候補を含める会場の皆様は、その場でお待ちください」

その言葉を合図に、聖女候補《私達》は肩の力を抜く。

そして、神官の女性から飲み物を貰ったり、他の聖女候補と話したりしている内に二十分が経過した。

会場の空気がどんどん緩んでいく中、体格のいい男性がステージに上がり、手に持った小さな紙を神官の男性に渡す。

「会場の皆様、静粛に願います。第一試験の結果が出ました」

神官の男性が声を張り上げてそう言えば、会場内はあっという間に静まり返った。

みんな一度椅子に座り直し、姿勢を正す。

我々聖女候補も気持ちを切り替えるように背筋を伸ばし、表情を引き締めた。

さて、第一試験の結果はどうなったかしら?

浄化したタオルの枚数は私が一番多かったけれど、汚れの残っているタオルはカウントされないみたいだし、油断は出来ないわね。

一応、新品みたいに真っ白になっていたけど、一枚一枚丁寧に確認した訳じゃないから、確かなことは言えないわ。

『もしも、汚れが残っていたらどうしよう?』と不安になる中、神官の男性は紙に視線を落とす。

「結果はランキング形式で発表していきます。まずは二十三位の方から――――」

そう言って、第一試験の結果を発表し始めた男性は順位と名前、それから浄化したタオルの枚数を口にしていく。

聖女候補達は試験の結果に一喜一憂し、観客達も『よく頑張った』『もっといけただろ』と各々違う反応を見せた。

良くも悪くも騒がしくなる会場の中で、神官の男性は一気に六位まで発表する。

嬉しいことに、私の名前はまだ呼ばれていなかった。そしてフローラの名前も……。

残るは五人……最後まで名前を呼ばれないことを願うばかりね。

圧倒的力を見せつけて、勝たなきゃ意味がないもの。

フローラへの報復もそうだけど、常軌を逸した力を見せないと神聖力の持ち主として認めてもらえないだろうし……。

徐々に高まっていく緊張感を胸に、私は耳を澄ます。

間もなくして、五位の名前が発表された。

でも、それは全く知らない人の名前で……相手に失礼だと思いながらも安堵してしまった。

ベスト5の発表に会場内が沸き立つ中、神官の男性は四位の発表に移る。

「それでは、第四位の発表です。五位の方と大きく差をつけ、見事四位に輝いたのは——セレスティア王国の聖女候補であらせられる、フローラ・サンチェス公爵令嬢です！　浄化したタオルの数は、七十九枚でした！」

『おめでとうございます』と祝福する神官の男性に、フローラは笑顔でお礼を言う。

盛大な拍手を巻き起こす観客達にも感謝を述べ、目いっぱい愛嬌を振り撒いた。

そのせいか、拍手は更に大きくなる。

さすがはフローラと言うべきかしら？

注目の集め方や印象操作が上手いわね。

こういうことに不慣れな私とは、天と地ほどの差がある。

改めて姉の凄さを実感していると、ついに三位が発表される。

でも、四位と僅差だったからか、観客達は『さっきの子、惜しかったな』とフローラのことを気にかけていた。

――――と、ここでようやく一位と二位の発表になる。

「続いて、二位の発表に移る訳ですが、二位の方が発表された時点で一位の方も分かってしまうため、一気に発表させて頂きます」

神官の男性はそう前置きしてから、大きく息を吸い込み――――第一試験の一位と二位を発表した。

「第一試験の第二位はノワール王国の聖女候補である、ノエル・ネーロ・ノワール王女です！　浄化したタオルの枚数は百一枚でした！　そして、第一試験で見事一位に輝いたのは――――マルコシアス帝国の聖女候補である、カロリーナ・ルビー・マルティネス妃殿下です！　おめでとうございます！」

一番最後に名前を呼ばれた私は渇望した結果に歓喜し、満面の笑みを浮かべた。

会場の奥の方へ目をやれば、当然の結果だと言わんばかりに頷くエド達の姿が目に入る。

それがとても嬉しかった。私の実力を信頼してくれているようで。

「カロリーナ妃殿下が浄化したタオルの枚数は、三百七十八枚です！　また、驚くことに浄化残しは一切なく、全て新品のように綺麗になっていました！　まさに完全無欠の一位と言えるでしょう！」

文句なしの一位だと言い切られ、私は頬を紅潮させた。

照れる私を他所に、神官の男性は場の空気を変えるようにコホンッと一回咳払いする。

その途端、騒がしかった会場内は一気に静まり返った。

「第一試験の結果発表は、以上になります。続く第二試験の準備に移りますので、会場の皆様はその場でお待ちください」

待機宣言が為されると、会場内は再び賑やかになり、聖女候補達も肩の力を抜いた。

出来ることなら、私も一息つきたいところだが……第一試験で一位に輝いたため、多くの人々の視線を浴びる。

これでは、気を抜くことなんて到底出来ない……。

『これも聖女になるためよ』と自分に言い聞かせ、ひたすら耐えるしかなかった。

そして気を張り続けること、十五分――突然会場の扉が開いた。

かと思えば、審判席のある方向から、鎧に身を包んだ騎士達が現れる。

装いからして、聖騎士だと思うが……彼らの手首には見慣れない腕輪が嵌められていた。

『一体、何が始まるのかしら？』と疑問に思う中、数十名の聖騎士はステージの前に並ぶ。

あら？　ほとんどの聖騎士が、怪我をしているようね。ということは、もしかして……。

「第二試験の準備が整いましたので、説明に移ります。第二試験の内容は――怪我人の治療です。神の守護者である聖騎士の怪我を、皆様のお力で癒してください」

予想通りの試験内容に、私は『やっぱり……』と一人頷く。

怪我人の治療は選定試験でもやったことがあるため、すんなり状況を呑み込めた。

「今回の試験に協力してくださった聖騎士には怪我の重傷度に応じて、白・青・赤の腕輪を渡しています。白はちょっとした掠り傷、青は打撲や刀傷など体を動かすのに困らない程度の軽傷、赤は骨折以上の怪我となります。もちろん、重傷度の高い怪我を治した方が獲得ポイントは高くなります。白の腕輪は一つにつき一点、青の腕輪は三点、赤の腕輪は十点となります」

なるほど。聖騎士たちが腕輪をしていたのは、怪我の重傷度を分かりやすくするためだったのね。

確かにこれなら、自分のレベルに合う患者を見つけやすい。教会側も考えたわね。

「試験の詳しいやり方についてですが、皆さんの方から目当ての聖騎士《患者》に駆け寄って頂き、治療してください。相手が『完治した』と判断したら、腕輪を渡してもらえますので」

『怪我の治療具合については当事者以外、一切口出ししない』と、神官の男性は宣言した。

複数人で判断すると、色々ややこしくなるので、敢えてこうしたのだろう。

「基本的に患者をキープする行為は、禁止とします。また、範囲治癒を使った複数人の同時治療は構いませんが、一度に治すのは三人までとします。そして、当然のことですが、他の候補者の患者を横取りするのはやめてください。患者を取り合う事態に発展した場合は教皇聖下が仲裁に入り、公正な判断を下して頂きます」

教皇聖下の名前を借りてしっかり釘を刺す神官の男性に、聖女候補達《私達》は大きく頷いた。

『そんなはしたない真似はしないわよ』と思いながら。

「また、今回は前半と後半に分かれて試験を行います。聖騎士もステージに上がるとなると、人でいっぱいになってしまうので。前列の方々には大変申し訳ありませんが、一度退場してください。何卒、ご理解とご協力の程よろしくお願い致します」

さすがにステージの下で試験を行う訳にはいかないのか、神官の男性はそう指示する。

突然の退場命令に、私達は顔を見合わせるものの……とりあえず、指示に従った。

列を崩さぬよう気をつけながら、ステージ脇へと下がる。

すると、私達と入れ替わるように聖騎士たちがステージに上がってきた。

あぁ……これは確かに前半と後半に分けて、正解だったかも。

だって、凄く窮屈そうだもの。

もし、あのまま全員残っていたら……何人か下に落ちていたかもしれないわ。

教会側の賢明な判断に納得する私は、ふとフローラの横顔を見つめた。

後ろの列に並んでいた彼女は前半組のため、ステージ上に残っている。

休憩を挟んだからか、顔色はちょっとだけ……本当にちょっとだけ良くなっているが、健康的な肌色とは程遠い。

正直、怪我人の聖騎士達よりずっと具合が悪そうだ。

あんな状態で、魔法なんて使えるのかしら？　今にも倒れそうだけど……。

ライバルの心配をしている場合ではない、と分かってはいるが……どうしても、フローラの体調を気にしてしまう。

だって、顔面蒼白のままステージに立つ彼女は無理をしているようにしか見えないから。

出来れば、棄権して欲しいけど……私にそんな権限はない。

歯痒い気持ちでいっぱいになる私は、僅かに眉尻を下げた。

ただ見守ることしか出来ない現状に苦しむ中、神官の男性は口を開く。

「制限時間は三十分になります。それでは——始めてください」

《フローラside》

神官の男性が開始宣言をすると、我々聖女候補は一斉に駆け出した。

目当ての患者へ一目散に駆け寄り、治癒魔法を展開していく。

己の実力と時間、それから効率を重視し、候補者の大半が白か青の腕輪の患者を請け負っていた。

完治させるのに相当時間が掛かる赤い腕輪の患者は、眼中にないようだ。

まあ、それは私も同じだけど……。

真っ先に青い腕輪の患者へ駆け寄った私は、ニッコリと微笑む。

「治療しますわ」

左腕にある大きな刀傷に手を翳し、そう申し出ると、聖騎士は大きく頷いた。

「よろしくお願いします」

快く腕を差し出してくれた聖騎士に礼を言い、私は手のひらに魔力を集める。

すると、血管のように張り巡らされた魔力の道――――魔力回路が悲鳴を上げた。

両腕と胸に激痛が走り、私は『うっ……！』と呻き声を上げてしまう。

第一試験の結果発表の間に、少しは回復したかと思ったけど……症状は酷くなっていく一方ね。

これ以上魔法を使えば、激痛にのたうち回ることになるかもしれない……。

でも……それでも！

「やめる訳には、いかないわ……！」

自分に言い聞かせるようにそう呟くと、私は半ば強引に治癒魔法を発動した。

身の内に秘める力が魔法として解き放たれる中、私は歯を食いしばって激痛に耐える。

体の内側から壊れていくような感覚に陥ること、三十秒――パックリと切れた聖騎士の左腕が傷痕も残さず、完治した。

『おお！』と感嘆の声を漏らす聖騎士を前に、私は疲労感と倦怠感でいっぱいになる。

満身創痍とまではいかないが、確実に限界は近かった。

っ……!!　軽傷患者を治すだけで、こんなに疲れるなんて……マナの秘術をやる前よりマシとはいえ、これは酷い。

力を使う度に症状が、どんどん重くなってきているし……。

全身から血の気が引いていく感覚に襲われながら、何とか自分の足で立つ。

『はぁはぁ』と短い呼吸を繰り返す私に、聖騎士は自身の腕輪を差し出した。

「ありがとうございます、フローラ様。無事完治しました。こちらの腕輪をどうぞ」

「あ、ありがとうございます……」

青色の腕輪を受け取った私は、ぎこちない笑みを浮かべ、礼を言う。

普段の私なら、完璧令嬢の名に恥じない態度を取り、気の利いた言葉でも掛けるところだが……今はそんな余裕すらない。

聖女候補の仮面を被るので、精一杯だ。

「あの……お節介かもしれませんが……その、大丈夫ですか？　かなり顔色が悪いようですが……」

明らかに様子のおかしい私を見て、気になったのか、聖騎士はおずおずと尋ねてきた。

心配そうにこちらを見つめる彼に、悪意は感じられない。

「試験の協力者に過ぎない自分に、こんなことを言う権利はないかもしれませんが……棄権した方がいいと思います。本当にお顔が真っ青ですから。手遅れになる前に、お医者様に診てもらった方がよろしいかと……」

手遅れになる前に、ね……残念ながらもう手遅れなのよ、私は。

マナの秘術を使った時点で……いや、聖女試験に参加すると決断した時点で私の人生はもう終わりなの。

どう転んでも、〝死〟は免れない……早くて明日、遅くても一週間以内にこの命は尽きるわ。

それが、身の丈に合わぬ力を欲した代償だから。

でも、ただで死んでやるつもりはないわ。

この際だから、全力で爪痕を残してやる——カロリーナの心にね。

神聖力の持ち主だと浮かれているあの女を力で捻じ伏せ、『やっぱり、お前は生まれる価値もない出来損ないだった』と分からせてやるの。

そして、カロリーナを産むより、お母様を生かした方が価値があったと証明する。

文字通り、カロリーナの全てを私の全てで否定するのよ。

存在価値もないゴミだと、嘲笑ってやるために……！

逆恨みと呼ぶには根深く、復讐と呼ぶには危なすぎる感情を抱え、私は強く手を握り締める。

失うものが何もない人間は、どこまでも残酷になれるのだと――改めて実感した。

「お気遣い、ありがとうございます。でも、私なら大丈夫です。ちょっと貧血気味ではありますが、試験に支障はありませんので。ご心配をお掛けして、申し訳ありません。あっ、そろそろ試験に戻らないといけないので、私はこれで失礼しますね」

体に走る痛みも疲れも全て無視して、私はふわりと柔らかい笑みを浮かべた。

僅かに頬を紅潮させる聖騎士に軽く頭を下げ、次の患者の元へ向かう。

実の妹を全否定するためだけに――私は無理を承知で、赤い腕輪の聖騎士たちに近づいた。

腕や足に包帯を巻いている三人に狙いを定め、手のひらに大量の魔力を集める。

「そこの御三方、治療致しますので動かないでくださいね」

そう声を掛けてニッコリ微笑めば、放置状態で退屈していた騎士達は『は、はい！』と大きく頷いた。

慌てた様子で姿勢を正し、岩のように制止している。

まさか、治療対象者に選ばれるとは思ってもみなかったのか、仕草や表情は少しぎこちなかった。

普通に考えれば、難易度の高い患者に時間を掛けるより、比較的軽傷の患者を複数人治す方が効率がいいものね。

人によっては、赤い腕輪の患者を一人治すだけでタイムアップとなってしまうこともあるし。

でも、私は違う――――この激痛と疲労感に耐え抜くことさえ出来れば、骨折だろうと何だろうと直ぐに治せるわ。

「それでは、始めますね」

念のため声を掛けてから、私は手のひらに集めた魔力を魔法として解き放つ。

ブチブチと体中の細胞がちぎれていく音を聞きながら、私は強い治癒魔法を発動した。

刹那――――治療成功を確信させるように、聖騎士達の目がカッと見開かれる。

困惑気味に顔を見合わせる彼らは、ゆっくりと慎重に腕や足を動かした。

「い、痛くない……」

「あ、歩けるぞ……！」

「並の魔導師じゃ治せないって聞いたのに、凄いな!!」

慌てて包帯やギプスを外す彼らは、後遺症もなく治った体に歓喜した。

『凄い凄い』と口々に叫ぶ彼らを前に、私はケホケホと咳き込む。

――――強力な治癒魔法を発動した代償は、思ったより高くついてしまった。

肺が何かに押し潰されているみたいに、凄く苦しい……動悸も激しいし、内臓もぐちゃぐちゃ。

おまけに手のひらの感覚がほとんどない。

明日と言わず、今すぐ死んでもおかしくないわね。

浄化魔法の反動で既にボロボロだった体が更にボロボロになり、私はスッと目を細める。

先程、口元に当てた手には――――少量の血が付着していた。

思ったより早く来そうな限界に、私は焦りを覚える。

口内に広がる鉄の味に不安を煽られながら、口元を拭った。

あとどのくらい、この体は持つのだろう……？

あと何回、魔法を行使出来る……？

あと何時間、私は生きられる……？

もう自分の命に執着などないけれど、出来ることなら聖女試験が終わるまで待って欲しい。

カロリーナの全てを私の全てで否定するまで……生きていたい。

神に祈るような気持ちでそう願い、私は治療した聖騎士達から腕輪を受け取る。

はしゃぎながらお礼を言う彼らに首を振り、ふらつく体で次の患者の元へ向かった。

三十分という長いようで短い時間を激痛に耐えながら、過ごす。

そして、ついに――――試験終了の時がやって来た。

「――――皆さん、手を止めてください。第二試験　前半の部はこれで終了となります。試験に参加した聖女候補の皆さんは近くの神官に獲得した腕輪を渡し、列に並んでください」

神官の言葉に従い、治療を中断した私は赤い腕輪と青い腕輪を駆け寄ってきた神官の女性に渡した。

細長い棒状のものに腕輪を掛けた彼女はペコリと一礼し、ステージから降りる。

その後ろ姿を一瞥し、私は列に並んだ。

第二試験の暫定一位は今のところ、私の筈……。

他の聖女候補達は白と青の腕輪ばかりだったし、量もそこまで多くなかったから。

後半の部でカロリーナが無茶苦茶な結果を出さなければ、大丈夫……。

「ポイントの集計を行っている間に第二試験　後半の部を始めたいと思います。前半の部を担当した聖女候補の皆さんには申し訳ありませんが、一度ご退場ください」

神官の男性に促されるまま、私達はステージ脇へ下がった。

後半の部を担う候補者達の横を通り過ぎ、奥まで行こうとすると――こちらを心配そうに見つめるカロリーナと目が合った。

何か言いたげな表情を浮かべる彼女は、思い切って口を開くものの……『入場してください』という男性の声で、口を噤む。

そして、頻繁にこちらを振り返りながら、ステージに上がっていった。

――それが鬱陶しくて堪らない。

試験中に他人の心配なんて、随分と余裕そうね。

神聖力の持ち主だからって、油断しているのかしら？

だとしたら、本当に憎たらしい女ね。今すぐ、その頭を叩き割りたいくらいよ。

私を馬鹿にするのも、大概にしてちょうだい。

ギシッと奥歯を噛み締める私はべっとり血の付いた右手に浄化魔法を掛け、壁を睨みつける。

どんな激痛に苛まれようと、私の憎悪は消えず……カロリーナの顔を見る度、膨れ上がっていった。

たとえ、今日命が尽きようともカロリーナのことだけは地獄に叩き落とす。

生まれる価値すらない無能なのだと、思い知らせてやるわ。

――死の恐怖すら呑み込む憎悪の炎は、止《とど》まるところを知らず……私を間違った道へと導いていくのだった。

第二章

再度観衆の前に姿を現した私は、怪我人が補充されていく様子を眺めながら、フローラの容態について考える。

試験中ずっと彼女の姿を目で追っていたが、どうにもこうにも危なっかしくて見ていられなかった。

私の見間違いでなければ、フローラは強力な魔法を使う度、血を吐いていたわ。それも一度や二度じゃない……まあ、彼女は上手く誤魔化していたみたいだけど。

やっぱり、フローラは棄権するべきだと思う。あのままじゃ、死んでしまうわ……でも、フローラが私の言うことを聞いてくれるとは思えないし……一体どうすればいいのかしら？

第二試験が目前に迫っているというのに、私の頭の中はフローラのことでいっぱいだった。

『集中しなきゃ』と思うものの、気を抜いたらフローラのことばかり考えてしまう。

不安げに瞳を揺らし、表情を曇らせる中――――神官の男性が口を開いた。

「準備が整いましたので、第二試験　後半の部を始めていきたいと思います。時間は先程と同様、三十分です。それでは――――始めてください」

ソワソワと落ち着きのない私を置いて、無情にも試験は始まってしまった。

後半の部を担当する聖女候補達は一斉に駆け出し、我先にと目当ての患者に治癒魔法を掛けていく。

白と青の患者を治療する者が圧倒的に多いが、フローラの影響を受けて赤の患者に駆け寄る者もちらほら居た。

いい加減、試験に集中しなきゃ……フローラのことは心配だけど、ここでポツンと突っ立っていても何も変わらない。

それに試験に落ちたら、エド達の努力が無駄になってしまう。

皆、私のために寝る間も惜しんで働いてくれたのに……。

全てを台無しにするような真似は、出来ないわ。

そう自分に言い聞かせ、私は揺れる心を繋ぎ止める。

そして、自身の頰を叩いて活を入れると、ようやく動き出した。

出遅れた分を取り戻すため、赤い腕輪の患者に駆け寄り、両手を組む。

眼前には、痛々しい傷を負った聖騎士達の姿があった。

「治療致しますので、そこの三人はこちらへ」

左目に包帯を巻く一人の男性と片腕を骨折している二人の男性を呼び寄せ、私は大きく深呼吸する。

思ったより酷い傷の状態に眉尻を下げ、『早く治してあげたい』と強く思った。

「神よ、どうか三人の傷を癒し、安らぎをお与えください」

傷の完治を願いながらそう呟けば、彼らの体は白い光に包まれる。

柔らかい光の粒子は、三人の体に癒しと安らぎを与え、ふわりと消えた。

幻想的な光景を目の当たりにした彼らは数秒ほど固まるものの、直ぐに正気を取り戻す。

そして、包帯やギプスを外すと、瞼の開閉を繰り返したり、腕を振り回したりした。

と、次の瞬間――――彼らは手を取り合って喜ぶ。

「すげぇ!! 目が見えるぞ!! 左目の視力が戻ることはもうないって言われたのに!!」

「粉砕骨折した筈の左腕が、普通に動かせる!! これなら、もう一度剣を握れるかもしれない!!」

「嗚呼、これでまた神にお仕えすることが出来るのですね!! まるで夢みたいだ……!!」

各々好き勝手に喋るため、会話は成り立っていないが、みんな気持ちは同じだった。

口々にお礼を言う彼らに、私は『完治して良かったわ』と微笑み、腕輪を受け取る。

初動の遅れを取り戻すにはまだ足りないが、この調子で治療していけば、確実に一位を取れるだろう。

時間が足りるかどうか分からないけど、赤い腕輪の患者だけでも全員治しましょう。

白や青の患者は今ここで治療しなくても問題ないけど、赤の患者はそうもいかない。

教会本部に所属する神官ですら、治せるかどうか分からない怪我だから。

このまま、聖騎士をやめる羽目になるかもしれない……それはあまりにも、可哀想だわ。

『困っている人の力になりたい』という気持ちに押され、私は次の患者の元へ向かう。

力が尽きる心配のない私は惜しみなく使い、聖騎士達に癒しと安らぎを与えていった。

――そして、二十分を経過する頃には赤い腕輪の患者は半数以下になり、私の両腕には持ち切れないほどの腕輪があった。

「あ、あの！　カロリーナ妃殿下、良ければお持ちします！」

「ぼ、僕も……！」

「絶対になくしたりしないので、お願いします！」

「恩返しさせてください！」

今にも腕から零れ落ちそうな腕輪の山を見つめ、治療済みの聖騎士たちが一斉に両手を差し出した。

屈強な戦士達に囲まれ、荷物持ちをお願いされる……いや、申し出られる（？）私は目を白黒させる。

でも、恩返しをしたい彼らの熱意はちゃんと伝わった。

試験の一環なんだから、お礼なんて別にいいのに……もちろん、気持ちは嬉しいけれど。

でも、そこまでしてもらうのはちょっと気が引けるわね。

「えっと、気持ちは凄く嬉しいけれど、病み上がり（？）の貴方達に荷物持ちをさせる訳には……」

「体なら、もう大丈夫です！　カロリーナ妃殿下のおかげで、すっかり元気になりました！　だから、どうか僕達に恩返しする機会をください!!」

物凄い勢いで手伝いを申し出る聖騎士たちに、私は困り果てる。

捨てられた子犬のような目で、見つめられると……強く断れなかった。

『どうしよう？』と狼狽える私は、審査員席に居る教皇聖下へ助けを求める。

すると、聖下は穏やかに微笑みながら口を開いた。

「――聖騎士自ら申し出た場合のみ、荷物持ちを許可します」

えっ!?　ちょっ……嘘でしょう!?

そこは教会のトップとして、部下を諌めるところでは……!?

いや、腕輪を持ってくれるのは正直凄く助かるけど……！

でも、聖騎士にそのような雑用を押し付けるのは、気が引けるわ……！

『恐れ多い』と畏縮する私は、どうにかして断れないか考えるものの……教皇聖下の許可を得た聖騎士達に押し切られ、思考を放棄するしかなかった。

「……分かったわ。そこまで言うなら、お願いするわね。でも、嫌になったら直ぐに言ってちょうだい」

『無理はしないで』と釘を刺す私に、聖騎士達はコクコクと頷き、表情を明るくする。

一瞬、彼らの後ろに犬の尻尾が見えたような気がするが……きっと気のせいだろう。

とりあえず、聖騎士達に腕輪を預けて治療に専念しましょう。

そう決断した私は近くの聖騎士に腕輪の山を渡し、クルリと身を翻した。

そして、次の患者の元へ向かうものの……何故か、後ろに聖騎士達が続く。

カルガモの親子のようにピッタリ後を付いてくる彼らに、私は『何で……？』と困惑した。

……まあ、害意はないみたいだし、治療を邪魔する素振りもないから放っておきましょう。そのうち飽きて、散っていく筈よ。

――と楽観的に考える私だったが、予想を裏切るように彼らはずっと付いてきた。

しかも、新しく治療した聖騎士もその列に加わるので大所帯となる。

でも、きちんと隊列を組んでいるため、他の候補者の邪魔にはならなかった。

「――皆さん、手を止めてください。第二試験　後半の部はこれで終了となります。試験に参加した聖女候補の皆さんは近くの神官に獲得した腕輪を渡し、列に並んでください」

ちょうど赤い腕輪の最後の患者を完治させたところで、終了宣言が為された。

お礼を言う最後の患者から腕輪を貰い受け、荷物持ちとなった聖騎士からも大量の腕輪を受け取る。

何度も頭を下げながら退場していく彼らの姿を見送り、私は神官に腕輪を渡した。

ふぅ……とりあえず、当初の予定は達成出来たわね。

赤い腕輪の患者として、この試験に参加した人達は全員完治した筈よ。

彼らの感激っぷりは色んな意味で凄まじかったけど、役に立てて良かったわ。

喜びに満ち溢れた彼らの表情を思い出し、私はゆるりと口角を上げる。

緩む頬を押さえながら列に戻れば、神官の男性が一歩前へ出た。

「第二試験の集計に移りますので、会場の皆様はその場でお待ちください。また、第二試験で前半の部を担当していた聖女候補の皆さんはステージへお戻りください」

神官の男性に促されるまま、前半の部を担当していた候補者達は戻ってくる。

その中には当然ながら、フローラの姿もある訳で……青白い顔に笑顔の仮面を貼り付けていた。

こんな時でも完璧令嬢を演じる彼女の強がりに、私は複雑な感情を抱く。

さっきより、幾分か顔色は良くなっているけど……そんなの誤差でしかない。

今すぐ棄権して、安静にしているべきだと思う。

だから――今、言わなくては。無理しないで欲しいって。

この機会を逃せば、直ぐに第三試験が始まってしまうから。

あんな状態でまた魔法を使えば、フローラは死んでしまうかもしれない……そんなの絶対に駄目！

覚悟を決めて、後ろを振り向いた私はパパラチアサファイアの瞳と視線を合わせる。

直前になって怯みそうになる自分に鞭を打ち、口を開けば――一瞬だけ……本当に一瞬だけ物凄い形相で睨まれた。

憎悪に満ちた眼差しを向けられ、喉元まで出かかった言葉を飲み込んでしまう。

言葉にされずとも、『黙れ』と言われたのは何となく理解出来た。

フローラはどうして、頑なに棄権を拒むの……？　このままだと、死んでしまうかもしれないのよ……!?　自分の命より、この試験が大事だとでも言うの……!?

それとも、相手が私だから言うことを聞きたくないってこと……？　まさか、そんな理由で……!?

混乱する思考の中、『やっぱり、このままじゃ駄目だ』という結論に至り、私は再度口を開く――が、

「――会場の皆様、静粛に願います。第二試験の集計結果が出ました」

――神官の男性に言葉を遮られてしまった。

『最悪のタイミングだ』と絶望する私は、クシャリと顔を歪める。

でも、試験の進行を妨げる訳にはいかず、観客の方に向き直った。

「第一試験と同様、ランキング形式で発表していきます。まずは第二十三位の方から――」

そう言って、神官の男性は第一試験の時と同じ要領で第二試験の結果発表を始めた。

順位や名前はもちろん、獲得した腕輪の数や色まで事細かに説明していく。

やはりと言うべきか、赤い腕輪を獲得した聖女候補の数は圧倒的に少なく、ポイント数も似たり寄ったりだった。

観客席に座る貴賓達が『また十位以下か』『かなり僅差だったな』と各々好きな意見を述べる中、私は一人考え込む。

脳裏を過《よ》ぎる事柄はもちろん、フローラのことだった。

完全に話を切り出すタイミングを逃してしまった……。

さすがに結果発表の最中に私語をする訳には、いかないわよね。

私は一体どうすれば、いいのかしら……？

いや、そもそも――フローラと話が出来たとして、彼女を説得出来るの……？

フローラは私のことを母親の仇と思っているのに……？

むしろ、意地になって聖女試験を続行するんじゃ……？

『逆効果になるかもしれない』という懸念を抱き、私はますます混乱する。

身動きの取れない歯痒さに苛まれ、強く拳を握り締めた。

『どうすればいいの？』と自問を繰り返しているうちに、どんどん時間は過ぎていく。

第二試験の結果発表も、いよいよ終盤に差し掛かった。

「続いて、第三位の発表になります。他の候補者を押しのけ、見事三位に輝いたのは――サンミッシェル王国の聖女候補である、シンディ・ソレーユ侯爵令嬢です！　腕輪の獲得数は白が二個、青が十三個、赤が一個でした。獲得ポイントは五十一になります」

『おめでとうございます！』と神官の男性が祝福の言葉を述べると、途端に会場内は賑やかになる。

他の候補者が三十ポイント前後の成績を収める中、五十一ポイントもの高成績を叩き出したため、観客達は興奮しているようだ。

残るは、私とフローラだけになる。

「それでは、皆さんお待ちかね……一位と二位の発表です！」

結果発表もついに大詰めとなり、会場内に歓声が広がった。

私とフローラ、どちらが一位に輝くのかと観客達は胸を躍らせる。

品定めするような視線が私達に集まる中、神官の男性はコホンッと一回咳払いした。

「前回と同様、一位と二位については一気に発表させていきます。それでは、まず第二位から……三位の方と大きく差をつけ、見事二位に選ばれたのは――――フローラ・サンチェス公爵令嬢です！　獲得した腕輪の数は青が一個、赤が十二個になります！　そして、第二試験で一位に輝いたのは――――カロリーナ・ルビー・マルティネス妃殿下です」

第一試験に続き見事一位を獲得した私に、観客達は割れんばかりの拍手を送る。

『凄いわ』『さすが、帝国の聖女候補』と囃し立てる彼らを前に、私はぎこちなく微笑んだ。

吐血したフローラの姿が頭から離れないせいか、一位になったことを素直に喜べない。

「カロリーナ妃殿下が治療した患者の数は、なんと三十人！　しかも、全員赤い腕輪の患者です！　妃殿下の実力には、目を見張るものがありますね。続く第三試験でどのような結果を叩き出すのか、非常に楽しみです」

神官の男性がそう言うと、会場の視線は私に集中する。

一度に三百ポイントも手に入れたからか、みんな私に期待しているようだった。

私の総合ポイントは第一試験の結果も合わせると、六百七十八。

対する他の候補者は百ポイント前後。暫定二位のフローラですら、二百二ポイント……四百以上のポイント差を埋めるのは、絶望的と言ってもいい。

第三試験のポイント配分が偏っていなければ、多分一位を維持出来る。

「第二試験の結果発表は、これで終了となります。続いて、第三試験の準備に取り掛かります。聖女候補をはじめとする会場の皆様は、その場でお待ちください」

そう言って、神官の男性は一歩後ろへ下がった。

すると、ステージ脇からシスター姿の女性陣がゾロゾロと現れる。

第一試験の手伝いもしていた彼女達は、二人掛かりで何かを運んでいた。

中にたっぷり泥水が入ったその『何か』は我々候補者の前に一つずつ並べられる。

どことなく既視感を覚える光景に、私はスッと目を細めた。

この泥って、もしかして……選定試験で使ったものかしら？　浄化魔法が効きにくいっていう、あの……。

じゃあ、第三試験の内容ってまさか——泥水の浄化？

でも、それにしてはちょっと量が少ないような……？　選定試験の時は、もっと大きい水槽を使っていたのに。

男性であれば何とか一人で持てそうな水槽を前に、私は小首を傾げる。

——と、ここでシスター姿の女性陣が全ての水槽を運び終えた。

かと思えば、ステージの隅に移動し、横一列に並ぶ。

「第三試験の準備が整いましたので、早速説明を始めたいと思います。第三試験の内容は、一言で言うと——宝探しです」

神官の男性が口にした聞き慣れない単語に、私達は目を見開く。

何を言われたのか理解出来ず、戸惑っていると、神官の男性が苦笑を漏らした。

「皆さんのお気持ちは、よく分かります。驚くのも、無理はありません。ですが、今は私の説明を聞いてください。そうすれば、きっと宝探しの意味が分かりますから」

困惑する私達を宥めるようにそう言うと、神官の男性は説明を続ける。

「聖女候補の皆様には、これから水槽の中にある薔薇のペンダントを探して頂きます。ペンダントを発見して水槽の外に出すまで、が試験となりますのでご注意ください。また、今回使用している泥水は特殊なもので、浄化魔法が効きにくくなっております。一気に浄化する際はよく考えてから、行った方がいいでしょう。では、次に第三試験での注意事項を二点ほど説明致します」

左手の中指と人差し指を立てた神官の男性は、聖女候補達《わたしたち》に視線を向けた。

「一つ目、衣装や体に泥を付けないこと。もし、泥が付いてしまった場合はシミの大きさに応じて減点されます。二つ目、水槽以外に浄化魔法は掛けないこと。減点を恐れて、服や体の汚れを落とすのは禁止です。見つかり次第失格となり、第三試験のポイントは0になりますのでお気をつけください」

なるほど……だから、水槽がこんなに小さかったのね。

今回は浄化した量よりも、スピードを競う試験だから。

となると、試験開始と共に泥水を全て浄化して、安全にペンダントを取り出した方が良さそうね。減点されるのは、御免だわ。

目の前にある茶色く濁った水槽を見下ろし、力任せという名の安全策に思考が傾く。

他の候補者達も各々作戦を考えているようで、考え込むような動作を見せていた。

この場になんとも言えない緊張感が広がる中、私は斜め後ろに居るフローラに目を向ける。

青白い顔で水槽を見下ろす我が姉は、珍しく硬い表情を浮かべていた。

結局フローラを止めることが出来なかった……。

彼女の体は明らかにもう限界なのに……私は『もう休んでください』の一言も言えなかった。

もしも、このままフローラの体調が悪化して死んでしまったら……私はどうすればいいのだろう？

『ざまぁみろ！』と嘲笑ってやればいいのだろうか？

それとも、妹として悲しむべきなのだろうか？

涙を流して、彼女の死を悔やむべきなのだろうか？

『不謹慎だ』と分かりつつも、フローラの死を考えずにはいられない。

それほど、彼女の体は衰弱しているから……今だって、立っているのがやっとの筈だ。

魔法なんて使おうものなら、倒れてしまうだろう。

フローラだって、それくらい理解している筈……それでも、彼女はここに立っていた。

それこそが、完璧令嬢フローラ・サンチェスの答えなのだろう。

「何故、そこまで意地になるのですか？　フローラお姉様……」

か細く小さな声でそう呟くと、私は視線を前に戻す。

後ろから小さな舌打ちが聞こえたような気がしたが……きっと、気のせいだ。

「制限時間は二十分になります。それでは――――始めてください」

《フローラside》

開始宣言と共に、私とカロリーナを除く聖女候補達は一斉に聖魔法を展開した。

まずは小手調べとして泥水の表面を軽く浄化し、様子を見ている。

聖魔法が効きづらい特殊な泥とやらが、どの程度のものなのか探っているようだ。

慎重な姿勢を見せる他の候補者達を一瞥し、私は一つ息を吐いた。

斜め前に佇む妹にチラリと目を向ければ、彼女は両手を組んで神聖力の発動準備に入っている。

一度に全ての泥水を浄化し、安全に薔薇のペンダントを取り出すつもりみたいね。

実にカロリーナらしい、滅茶苦茶な作戦だわ。

大量の神聖力を持つあの子じゃなきゃ、出来ないことでしょうね。

カロリーナが失敗する可能性を微塵も考えていない私は、茶色く濁った泥水を見下ろす。

息をする度、痛む肺や心臓に眉を顰めつつ、既に感覚のない右手を水槽の上に翳した。

カロリーナの総合ポイントは、私の三倍以上ある……たとえ、第三試験で良い結果を出せたとしても、カロリーナの点数を上回ることは出来ないでしょう。

第二試験の結果発表が終わった時点で、あの子の勝利はほぼ確定しているから。

今更どんなに足掻いても、私や他の候補者が聖女になることは有り得ない……。

なら、せめて――――第三試験の一位だけでも掻っ攫いたい！

そうすれば、『全試験一位で通過した天才聖女』という肩書きはなくなるから！

自分でも、かなりちっぽけな復讐だと思う。

もし、私に未来があれば……まだカロリーナに復讐出来るチャンスがあれば、『くだらない』と吐き捨てただろう。

そして、聖女試験からあっさり手を引き、次の復讐を考えた筈だ。

でも――私には今しかないの……！　今ここで出来る、精一杯の復讐をやるしかない！

まさに無様で、滑稽で、哀れな復讐者だが、それを指摘する者も止める者もこの場には居なかった。

『完璧令嬢』と呼ばれた過去の自分を振り返り、フッと自嘲気味に笑う。

『随分と落ちぶれたものだ』と自虐する私は――確実に死ぬと分かった上で、強力な浄化魔法を展開した。

「……お母様、今そちらに逝きますわ」

死を目前に控えた人間とは思えないほど、穏やかな声でそう呟く。

今でも鮮明に覚えている母の笑顔を胸に、私は魔法を発動した。

と同時に、全身から血の気が引いていく。

寿命が奪われる感覚をヒシヒシと感じる中、水槽の中に入った泥は中央に集まった。

かと思えば、泡のように消えていく。

泥の集合体の中には、赤い薔薇を象ったペンダントが埋もれていた。

あれが、例のペンダントね。

美しい薔薇のペンダントは泥の消失と共に、水底へ落ちていった。

真水で満たされる水槽を前に、私は『早くペンダントを取り出そう』と身を屈める。

――――が、いきなり吐き気と激痛に襲われ、その場で膝をついた。

「っ……!!」

声にならない悲鳴を上げ、口元に手を当てる私はケホケホッと咳き込む。

そして、何かがせり上がってくる感覚と共に――――勢いよく血を吐き出した。

噎《む》せ返るような鉄の匂いを発するソレは、かなり量が多く……床や服を赤く染め上げる。

どこかから、『きゃぁぁぁああ!!』と大きな悲鳴が上がった。

手や足が痙攣していて、上手く動かせない……肺も何かに押し潰されているようで、息が出来ないわ。

内臓の損傷が激しいのか、体のあちこちが痛いし、心臓にも違和感……というか、変な感じがする。

まあ、どちらにせよ、限界なのは間違いないわね。

周りが騒然とする中、当事者である私は意外と冷静で……『もうすぐ死ぬ』という事実を淡々と受け止める。

直前になって死を恐れることもなく、私はガクガクと震える手で水槽に手を伸ばした。

「――――フローラお姉様！」

耳を劈《つんざ》くような大声で名前を呼ばれ、ふと顔を上げれば――――今にも泣き出しそうな顔で、こちらへ駆け寄ってくるカロリーナの姿が目に入る。

見たところ、泥水の浄化は既に終わっているようだが、ペンダントはまだ水槽の中にあった。

どこまでもお人好しで鬱陶しい我が妹は、試験よりも私を優先したらしい。

嗚呼、本当に……最後の最後まで愚かな妹ね。

私のことなんて放って、さっさとペンダントを取り出せば良かったのに……そうすれば――――こんな風に一位を掻っ攫われることもなかったのよ。

「はぁはぁ……ざまぁみなさい！」

私は痙攣が止まらない手を水槽の中に突っ込み――――薔薇のペンダントを掴み上げた。

血の混ざった冷水が手首を伝って落ちる中、最後の強がりとして笑ってみせる。

まさに執念の勝利だった。

これでカロリーナの快進撃は止まった……！　実にくだらない勝負だけど、何とか一矢報いることが出来たわ……！

達成感と幸福感に満ち溢れる私は、『これで思い残すことはない』と目を細める。

と、次の瞬間――――ぐにゃりと視界が歪んだ。

目が回るような感覚に襲われ、手に持ったペンダントを床に落とす。

「フローラお姉様……!!　しっかりしてください……!!　お姉様!!」

耳がキーンとするほど大声で怒鳴られたかと思えば、ガシッと誰かに肩を掴まれる。

その手を早く振り払いたいのに、もうほとんど体に力が入らなくて……指一本動かせない。

この体はもう限界ね。

まあ――――マナの秘術を使った状態で、あれだけ強力な魔法を連発すれば当たり前か……第三試験まで持っただけ、有り難いと思わなくちゃ。

完全勝利出来なかったのは残念だけど、これでやっとお母様の元へ逝けるわ。

――――私の大好きなお母様、あと少しだけ待っていてくださいませ。

「嫌っ!!　お姉様、死なないで……!!　お願いです！　私とお父様を置いて行かないでください！」

悲鳴にも懇願にも似た声色で妹はそう叫び、私を死なせまいとする。

こっちは『一生のトラウマになればいい』とすら思っているのに、妹から返ってくるのは善意ばかり。悪意や敵意なんて、微塵も感じなかった。

その態度が、言葉が、眼差しが少しだけ……本当に少しだけお母様に似ていて、より一層憎たらしくなる。

霞んでいく意識の中、最後に感じたのは身を焦がすほどの憎悪と――――体を包み込む温かい何かだった。

第三章

瞼を閉じて動かなくなったフローラを前に、私はサァーッと青ざめる。

血に濡れた姉の姿は、花のように儚くて……今すぐにでも散ってしまいそうなほど、脆かった。

焦燥感に駆られる私は、神聖力でフローラの傷を癒すものの……治療が間に合わない。

治すスピードよりも、壊れるスピードの方が若干早いのだ。

神聖力は絶大な力だけど、万能ではない。

心の底から祈れば、どんな願いも叶えられる……なんて都合のいい力じゃなかった。

これ程までに衰弱した彼女をどうやって、助ければいいのか分からず、私は唇を引き結ぶ。

フローラの肩に掛けた手を動かし、彼女の首元に触れた。

トクトクと僅かに動く脈は弱く、呼吸も浅い。また、体の温度も徐々に下がり始めていた。

このままでは、フローラが死んでしまう……今は神聖力による治療で命を繋いでいるけど、力が足りない……。

「どうして……？　私の祈りが弱いから……？　それとも、心のどこかで――」

――このまま死んでしまえばいい、と思っているから？

身震いするほど、おぞましい考えが脳裏を過ぎり、息が詰まった。

『そうじゃない』と完全に否定出来ない自分が恐ろしくて、手が震える。

だって、フローラのことを全く憎んでいないと言えば嘘になるから。

フローラは小さい頃から、私の存在を全否定してきた。

サンチェス公爵家唯一の出来損ないと私を罵り、蔑み、貶めた。

そのせいで私は周りから馬鹿にされ、惨めな人生を歩んできたのだ。

恨まない方がおかしいだろう。

正直な話、フローラに消えて欲しいと思ったことは何度もある。

私の目の前から居なくなって、どこか遠くへ行ってくれと……。

だって、彼女が不幸の元凶であり、私のトラウマそのものだから。

だから、私はフローラの失踪や誘拐をひたすら願い続けた――――エドの元へ嫁ぐまでは。

誰よりも強く、優しい彼は私を『守る』と言ってくれた。

私の存在を肯定してくれた。

私を大きな愛で包んでくれた。

彼の優しさが、強さが、愛が私を変えてくれた。

だから――――今の私が居る。

唯一無二の存在であるエドを思い浮かべ、私は小さく深呼吸する。

愛する人のことを考えるだけで、自然と落ち着いた。

黒いインクで塗りたくられた心は本来の色を取り戻し、曖昧だった本音が明らかになる。

私はフローラに――――死んで欲しくない。

だって、彼女はまだ一言も私に謝っていないのだから。

死んで楽になるなんて……絶対に許さないわ。

ルビーの瞳に確かな意志を宿した私は、徐々に冷えていくフローラの体を一旦、床に寝かせた。

仰向けの状態で眠る白銀髪の美女を見下ろし、氷のように冷たい手を両手で握る。

周囲の人々が固唾を呑んで見守る中、私は少しだけ肩の力を抜いた。

「神様、どうかお姉様を助けてください――――私の願いを叶えてっ……！」

最後の方が、私の本音だった。

フローラを助けたいから私の願いを叶えて欲しいのではなく、私の願いを叶えたいからフローラを助けて欲しい。

結果は同じだとしても、順序が違うだけでこんなにも自分勝手に見える。

でも、私に迷いや躊躇いはなく、ただただ切実に『自分の願いを叶えて欲しい』と神に祈った。

そして、フローラの手をギュッと握り締めた瞬間――――急に力の放出が止まった。

常時、垂れ流してきた大量の神聖力がまるで蓋をされたように、私の体内に留まる。

突然の出来事に目を白黒させていると、火傷のような痛みと熱が体全体に広がった。

無理やり大量の神聖力を身の内に押し込めたため、体が悲鳴を上げているのだろう。

な、何これ……!?　私の体に一体、何が起きているの……!?

「っ……!!」

狂おしいほどの痛みと熱に、私は声にならない悲鳴を上げた。

体内で暴れ回る神聖力を何とか宥めようとするものの、やり方が分からなくて……なすがままになる。

身を引き裂かれるような痛みに耐える中、私はふとあることに気がついた。

神聖力の流れが、背中に集中している……？

一番痛くて熱い背骨あたりに意識を向け、私は『どうして？』と疑問に思う。

蹲《うずくま》った状態で何とか思考を回していると、遠くからエドの焦ったような声が聞こえた。

それに触発され、顔を上げると――――バサッと背中に何かが広がった。

と同時に、体中に走っていた激痛と熱が収まる。

一瞬、『神聖力を一気に全部放出したのか？』と思ったが、そうではないようで……力と繋がっている感覚が確かにあった。

一体、何が起こって……？

訳が分からず、首を傾げる私はパチパチと瞬きを繰り返す。

戸惑いを隠しきれない私の前で、周囲の人々は呆然と目を見開いた。

「お、おい……あれって、まさか……」

「私の見間違い……じゃないわよね？」

「いや、でも……こんなことって……」

『有り得ない』とでも言うように頭《かぶり》を振る彼らは、私を……もっと言うと、私の背後を凝視する。

何が起きたのか分かっていないのは私だけのようで、みんな困惑していた。

『私の後ろに何かあるのかしら？』と不思議に思いつつ、首だけ後ろに向ける。

すると、そこには───真っ白な翼が三対あった。

「えっ……？　えぇ!?　翼!?」

ようやく事態を呑み込めた私は、まじまじと翼を見つめる。

確認せずとも、私の背中から生えていることは理解出来た。

な、何で翼が生えて……？　って、ちょっと待って！　この翼───神聖力で出来てない!?

一枚一枚の羽根から、馴染みのある力を感じる。

また、この翼と私の体が繋がっている感覚もあった。

もし、この羽根一枚一枚が力を凝縮したものであり、神聖力そのものだとすれば……ある程度説明はつく。

恐らく、この翼は───神聖力の結晶体なのだろう。

「あ、嗚呼……なんてことだ。これ程までハッキリと可視化されたエネルギーなんて、見たことがない……。カロリーナ妃殿下の持つ神聖力が強力なのは知っていたが、まさかここまでとは……」

呆然とした様子でそう呟き、床に膝をついたのは───教皇聖下だった。

まるで私を崇めるようにシワシワの手を広げ、『おお……！』と感嘆の声を漏らす。

「か、神の愛し子たるカロリーナ妃殿下に、最大限の敬意を！」

私のことしか目に入っていないのか、教皇聖下は所構わず頭を下げた。

『神聖力』『神の愛し子』という単語に騒然とする会場内は、誰もが動揺を露わにしている。

本当は閉会式の時に発表する予定だったんだけど……まあ、いいわ。

ある意味、一番良いタイミングとも言えるし。

それより、今は——フローラの治療を優先しなくては。

困惑する周囲の人々を放置し、私は死の瀬戸際に立つフローラを見下ろした。

そして、『ふぅ……』と一つ息を吐くと、翼を広げる。

誰かに教えられた訳でもないのに、不思議と翼の……神聖力の結晶体の使い方は分かった。

今までの私は垂れ流す神聖力に願いを乗せ、力を発揮してきた。

ギルバート皇子殿下の治療を除き、完全に神聖力を支配下に置いて使ったことはない。だから、そのせいで効果が激減していた可能性は充分ある。

もし、神様が私の願いに応え、この翼と力の使い方を教えてくれたなら——フローラを助けることが出来る。

「絶対に死なせませんからね、お姉様」

『助ける』と宣言した私はフローラの手を再度握り締め、力の流れに集中した。

神聖力の保管場所が出来たからか、力の流れは酷く穏やかだ。

これならいけると判断し、私は改めて願う——フローラの完治と生存を。

「神よ、お姉様の傷を癒し、安らぎをお与えください」

心の底からそう祈れば――――急激な喪失感と共に、光の柱が立ち上った。

私を中心に発現した純白の光は、翼に込められた神聖力を代償にしているようだ。

六枚のうち二枚が力の喪失によって薄くなっており、既に消え掛かっている。

いいわ。お姉様に全部あげる。

どうせ、また回復するでしょうし。

お姉様の命に比べれば、こんなの安いものだわ。

「だから、お願い――――どうか、死なないで」

か細い声でそう呟けば、ふわりと煙のように翼が二枚消える。

その対価として、フローラの体に温もりが戻ってきた。

氷のように冷たかった手は、陽だまりのように温かくなる。

ちゃんと回復しているのだと実感出来て、私は少しだけホッとしてしまった。

僅かに表情を和らげると、また翼が二枚消失する。

でも、その代わりフローラの呼吸や脈が安定してきた。

真っ青だった顔もほんのり色づいて、唇の血色が良くなる。

残る翼の数は二枚……足りるかしら？　『全部あげる』覚悟はしていたけど、まさかここまで追い込まれるなんて……随分と治りが遅いわね。

もしかして――――ただの怪我じゃない？

そんな考えが頭を過ぎる中、残り二枚となった翼が薄くなり、透明になる。

もし、これで足りなければ……完全に打つ手なしだった。

「っ……!!　お願い!!　間に合って……!!」

温かくなったフローラの手を握り締め、そう叫べば――――残り二枚の翼の消失と共に、光の柱がパッと弾けた。

この空間を満たす純白の光も消え、その残骸と思しき小さな光が宙を舞う。

でも、人や物に触れると風船が割れるみたいにパチッと消えてしまった。

ほぼ全ての神聖力を使い切った私は正気を取り戻すなり、慌ててフローラの容態を確認する。

彼女の顔や首元をペタペタ触り、最後に胸元に耳を当て心音を確かめた。

大丈夫……ちゃんと生きている。

内臓や骨の様子は分からないけど、とりあえず峠は越えたみたい。

「はぁ～……良かったぁ」

歓喜よりも安堵が勝《まさ》ってしまい、私はホッと胸を撫で下ろした。

スースーと規則正しい寝息を立てるフローラの姿に、思わず苦笑を漏らす。

さっきまで死にかけていた人とは思えないほど、彼女は気持ちよさそうに眠っていた。

フローラが生きているという事実を必死に噛み締める中、会場内は騒がしくなる。

「な、なあ……あれって助かったのか?」

「一体、何が起きたの……?」

「教皇聖下は、神聖力とか神の愛し子とか言っていたが……いまいち状況が掴めんな」

「一つ確かなのは、カロリーナ妃殿下の力が異質なことよ。神聖力かどうかはさておき、魔力ではなかったと思うわ」

困惑を露わにする人々は様々な憶測を並べ、私とフローラを交互に見つめる。

あんな力を見せられた手前、真っ向からインチキだと否定は出来ないが……だからと言って、簡単に信じることも出来ないといったところだろう。

まあ、いきなり『カロリーナ妃殿下は神聖力の持ち主で、神の愛し子です！』なんて言われても、納得出来ないわよね。

ざわつく会場内を見回し、苦笑を浮かべていれば――不意に赤髪の美丈夫と目が合う。

私の異常を感じ取って駆け付けてくれたのか、エドは観客席ではなく、ステージの前に居た。

心配そうにこちらを見つめるゴールデンジルコンの瞳は、相も変わらず慈愛で満ち溢れている。

『大丈夫か？』と問う眼差しに、私は柔和な笑みを浮かべて頷いた。

「力はほとんど使い果たしちゃったけど、平気よ。体に異常はないわ」

「本当か……？　無理をしていないか……？」

「ふふっ。本当に大丈夫よ。エドは心配性ね」

クスクスと笑う私を見て、ようやく安心したのかエドは僅かに表情を和らげる。

先程までの切羽詰まった様子はなく、かなり落ち着いていた。

ホッと肩の力を抜くエドは、こちらに一声掛けてから踵を返す。

遠ざかっていく大きな背中を見つめ、私は心の中で『ありがとう』と呟いた。

エドが居なければ……貴方と出会っていなければ、私はこのままフローラを見殺しにしていたかもしれない。

憎き姉から解放されるチャンスだと歓喜していた可能性だって、あるわ。

そうならずに済んだのは、貴方のおかげよ。エドと出会えて、本当に良かった。

運命すら感じるエドとの出会いに、私は感謝の念を抱いた。

————と、ここでようやく教皇聖下がハッと正気を取り戻す。

周囲の状況と己の行動を把握するなり、彼は慌てて立ち上がり、コホンッと咳払いした。

「聖女候補フローラ・サンチェスを医務室へ運びなさい。容態の確認と処置を頼む」

「「は、はい!」」

聖下のお言葉に従い、聖騎士達は担架の準備や医者の手配に取り掛かる。

「そっち持って」

「そこ、退いてください」

「気をつけて、運べ」

あちこちで様々な会話が繰り広げられる中、フローラの真横に担架が置かれた。

運搬役の聖騎士達は彼女の脇や膝裏に手を掛け、担架の上に移動させる。

そして、ダランとはみ出した白い手をお腹の上に置くと、担架を持ち上げた。

かと思えば、直ぐさまこの場を立ち去る。

出来れば、フローラの付き添いに行きたいところだけど……神聖力を使い切った私に、出来ることなんて何もないわね。

ここから先は、教会お抱えの医者や治癒魔導師に任せるしかなさそう……。

ただ待つことしか出来ない現状がもどかしくて、意味もなく視線をさまよわせる。

すると――小さく手を振るテオドールの姿が目に入った。

人差し指で自分の顔と会場の出入口を交互に指さす彼は、ニッコリと微笑む。

なるほど。私の代わりにフローラの様子を見に行ってくれる、ってことね。それは凄く助かるわ。

天才魔導師のテオドールが傍に付いていてくれれば、安心だから。

僅かに目を細める私は、テオドールの提案に小さく頷いた。

と同時に、彼は席を立つ。

そして、エドに一言断りを入れると、静かに会場を後にした。

「――えー……それでは、少々トラブルもありましたが、第三試験はこのまま続行致します。続行するにあたり、試験時間を十五分延長させることになりました。聖女候補の皆様は速やかに持ち場へ戻り、試験を再開してください」

さすがに試験を仕切り直すほどの余裕はないのか、神官の男性は続行を言い渡す。

と同時に、シスター姿の女性陣がタオルを持って現れ、フローラの血で汚れた床や水槽を綺麗にした。

忙しく動き回るシスター姿の女性陣を他所に、私はのそりと立ち上がる。

そして、自身の手のひらと純白のローブをふと見下ろした。

まあ、あれだけフローラにベタベタ触っていれば、こうなるわよね……。

これって、減点扱いになるのかしら？

見事に赤く染まった手や服を見つめ、私は『どうしよう？』と眉尻を下げる。

でも、フローラを助けたことに後悔はないため、それほど困っている訳でもなかった。

『名誉の負傷と同じようなものだ』と自分に言い聞かせ、私は元の位置へ戻ろうとする。

――――と、ここで誰かに手首を摑まれた。

「申し訳ありませんが、少々失礼します」

「お召し物は、こちらをお使いください」

「そちらのローブは回収致します」

「減点対象にはならないので、ご安心くださいませ」

柔らかい声に導かれるまま後ろを振り返ると――――そこには、濡れタオルと予備のローブを手に持つ女性達が居た。

教会の関係者である彼女達は流れるような動作でローブを脱がせ、血に濡れた手を拭いていく。

そして、ちょっとサイズの大きいローブを私の肩に掛けた。

「終了です。お疲れ様でした」

「お時間を要してしまい、申し訳ございません」

「第三試験、頑張ってください」

謝罪や声援を口にする彼女達は、小さくお辞儀した。

最後まで礼儀正しく振る舞い、去っていく彼女達に、私は慌てて『ありがとう』とお礼を言う。

試験には出遅れてしまったが、血塗れの状態で過ごすのはさすがに嫌だったので、本当に助かった。

すっかり身綺麗になった私は早速自分の水槽の元へ戻り、少し腕を捲る。

水の浄化自体は既に終わっているから、あとは中のペンダントを取り出すだけね。

水槽の中で煌めく薔薇のペンダントを見下ろし、私は冷水に触れた。

水のひんやりとした感触に目を細めながら、『他の候補者達はどうしているのだろう?』と考える。

そして、ふと顔を上げると――既にペンダントを拾い終えている人がちらほら見えた。

フローラの救命や着替えに大分時間を取られていたから、こうなるのは仕方ない……最終的に優勝出来れば、それでいいわ。

四百点以上の差が覆ることは、早々ないでしょうし。

もちろん、油断は出来ないけれど。

『これ以上、後れを取る訳にはいかない』と決意し、私は手元に視線を戻す。

使命感に駆られるまま水槽の奥へ手を伸ばすと、赤い薔薇のペンダントを拾い上げた。

ポチャンと手に付いた水滴が水面に落ち、波紋を作る。

その様子をぼんやり眺めながら、私はペンダントを水槽の横に置いた。

力を使い過ぎた影響か、それとも今更になって気が抜けたのか……程よい眠気が私を誘う。

――必死に欠伸を噛み殺しながら、過ごすこと十二分……第三試験は終わりを迎え、結果発表は省略された。

『私の順位は四位くらいかな?』と予想する中、神官の男性が神妙な面持ちで一歩前へ出る。

その途端、会場内は一気に静まり返った。

「会場の皆様、大変長らくお待たせ致しました。全試験の集計結果が出ましたので、これより――聖女試験の閉会式と授賞式を執り行います」

待ちに待った閉会式と授賞式《結果発表》に、観客達は目を輝かせた。

期待に胸を躍らせる彼らの前で、私は『ふぅ……』と一つ息を吐く。

いよいよ、聖女試験も大詰めかと思うと、どうも落ち着かなかった。

「まず初めに聖女の発表を行います。他の候補者を圧倒し、見事聖女に選ばれたのは――――」

神官の男性はわざとそこで言葉を切り、人々の関心を惹き付ける。

言い表せぬ高揚感と緊張感に包まれる会場を前に、男性は満を持して口を開いた。

「――――マルコシアス帝国の聖女候補であらせられる、カロリーナ・ルビー・マルティネス妃殿下です！　おめでとうございます！」

会場中に響き渡ったのは、間違いなく私の名前だった。

ようやく手に入れた聖女という地位に、私は心底ホッとしてしまう。

強ばった表情を和らげる私の傍で、他の候補者達は『やっぱりか』とでも言うように肩を竦めた。

悔しがる者はほとんど居《お》らず、みんな『おめでとうございます』と祝福の言葉を掛けてくれる。

それに『ありがとう』とお礼を言いながら、私は柔らかく微笑んだ。

「カロリーナ妃殿下の総合点数は、七百四十八ポイントでした。また、第一試験と第二試験では堂々の一位に輝き、続く第三試験では四位の成績を収めています。我々の想像を遥かに上回る実力です。姉を助けるため、奮闘する姿も実に素晴らしいものでした。この方こそが聖女に相応しいと、我々は思っています」

聖女として……教会の看板を背負っていく人間として申し分ないと語る神官の男性に、観客達は『確かに』と頷く。

慈悲の心や善良な行いを求められる聖女は、実力だけじゃ務まらない。

だからこそ、『姉を助けるため試験を放棄し、人命救助に専念した』という話は実に好ましかった。

まあ、周りの印象を良くするためにやった訳じゃないんだけどね……でも、結果的に良い方に転がって、良かったわ。

「マルコシアス帝国の聖女候補……いえ、聖女であるカロリーナ・ルビー・マルティネス妃殿下には、教皇聖下より賞状と記念品が贈られます。教皇聖下、よろしくお願いします」

その言葉を合図に、審査員席に座るご老人はサッと立ち上がり、ステージへ上がってきた。

その後ろには護衛兼荷物持ちとして、二人の聖騎士が控えており、それぞれ紙と杖を持っている。

『あれが賞状と記念品かな？』と思いつつ、私は聖下の前まで移動した。

人々の視線を独り占めする私は、胸元に手を添えて優雅にお辞儀する。

「賞状カロリーナ・ルビー・マルティィネス殿。貴方は第一回聖女試験で優秀な成績を収め、聖女に選ばれました。よって、ここに記念品を贈り、賞します。××××年十二月五日。教皇メルヴィン・クラーク・ホワイト」

穏やかな表情で微笑む教皇聖下は、聖騎士から受け取った賞状を私に差し出した。

私の名前が書かれたソレを前に、『嗚呼、本当に聖女になったんだ』と改めて実感する。

「有り難く頂戴致します」

ふわりと柔和な笑みを浮かべて一歩前へ出る私は、聖下の手から賞状を受け取った。

紙だから大して重くない筈なのに、聖女信仰協議会のトップになったという事実が肩に重く伸し掛かる。

お飾り同然の地位とはいえ、やはり義務や責任は伴うもので……嫌でも緊張してしまった。

表情を硬くする私の前で、教皇聖下はもう一人の聖騎士から純白の杖を受け取る。

雪のように真っ白なソレは、上の方に金色のリボンが巻かれていた。

「こちらは記念品になります。どうぞ、お受け取りください」

「ありがとうございます、教皇聖下」

一旦賞状を脇に挟むと、私は両手で杖を受け取り、一歩後ろへ下がった。

失礼のないように気をつけながら、私は杖を持ち直す。

おかげで片手が自由になり、賞状をちゃんと持てた。

『これで落とす心配がなくなった』と安堵する私は観客席に向き合い、お辞儀する。

刹那、割れんばかりの拍手が巻き起こった。

「カロリーナ妃殿下、ありがとうございました。元の位置へお戻りください」

何事もなく授賞式を終えた私は、聖下に軽く会釈してから列に戻る。

他の候補者達から向けられる羨望の眼差しを前に、私は堂々と胸を張った。

「続いて、聖下よりお言葉を頂きます。教皇聖下、よろしくお願いします」

神官の男性に促され、教皇聖下はゆったりとした動作で観客席と向き合った。

近くに居た二人の聖騎士は、空気を読んだようにステージの端っこまで下がる。

「私の声を聞いている全ての者達よ、聖女試験を最後まで見守ってくれたこと、心から感謝する。それから、聖女試験の運営に携わってくれた神官たち、ご苦労だった。多少のトラブルはあったものの、こうして閉会式を迎えられたのは君達のおかげだ」

ずっと司会を担当してきた神官の男性や警備に携わってきた聖騎士の皆に、聖下は柔らかく微笑んだ。

普段なら面会すら許されない相手に労いの言葉を頂き、彼らは感極まったように涙する。

『とんでもございません！』と首を横に振り、嬉しそうに微笑んだ。

会場内に感動が広がる中、教皇聖下は不意にこちらを振り返る。

「そして、聖女候補として試験に挑み、己の実力を出し切った少女達よ。実に大儀であった。ここまで聖女試験が盛り上がったのも、君達一人一人のおかげだ。心から敬意を表する」

『君達の頑張りは無駄じゃない』と語る聖下を前に、他の聖女候補者達は泣き出してしまった。

『悔しい』という感情を露わにする彼女達に、教皇聖下はただただ目を細める。

我が子を慈しむような眼差しは、ひたすら穏やかで……温かかった。

なんとも言えない優しい雰囲気に感激する中、聖下はふとこちらに目を向ける。

「そして、聖女の座を見事勝ち取ったカロリーナ・ルビー・マルティネス妃殿下。貴方の活躍は、実に素晴らしかった。さすがは――――神の愛し子だ」

意味ありげにそう呟く教皇聖下に、会場内はざわめいた。

フローラを救った際、思わず飛び出た発言が再び掘り起こされ、動揺しているのだろう。

「第三試験の様子を見ていた者なら、彼女の力が異質だったことは気づいているだろう。あの時は私も取り乱していて、上手く説明出来なかったが、改めて宣言する。聖女カロリーナ・ルビー・マルティネスは――――神聖力の持ち主である、と」

第三十九代教皇聖下メルヴィン・クラーク・ホワイトの宣言に、観客達は困惑を露わにする。

『あれは世迷い言じゃなかったのか』と戸惑う彼らを前に、教皇聖下は視線を前に戻した。

「カロリーナ妃殿下がフローラ嬢を治す際に見せたあの光は間違いなく、神聖力によるものだった。あれほど清らかで、強い神聖力は見たことがない。彼女の神聖力に比べれば、私の神聖力など微々たるものだろう。彼女こそ、神の寵愛を賜る神の愛し子に違いない。私の名において、断言しよう」

今話したことは全て真実だと述べ、教皇聖下は満足げに……そして、どこか誇らしげに顔を上げた。

私の力が異質だったことは周知の事実なので、観客達は驚きながらも納得している。

もちろん、信じていない者も何人か居るが……真っ向から否定してくることはなかった。

「今すぐ信じろとは言わない。だが、少しずつ理解を示してくれると嬉しい。私からは以上だ」

そう言って、話を締め括った教皇聖下は聖騎士達と共にステージを降りる。

ゆったりとした足取りで審査員席へ戻り、椅子に腰を下ろした。

とりあえず、これで当初の目標は達成出来たわね。

まだ幾つか問題は残っているけど、一先ず安心していいだろう。

達成感と充実感に満ち溢れる私は、僅かに頬を緩める。

『最後まで気を抜かないようにしなきゃ』と思いつつも、喜びを抑え切れなかった。

手に持った賞状と純白の杖を見つめ、笑みを零す中、式はどんどん進行していき————。

「————以上をもちまして、第一回　聖女試験を終了致します。皆さま、大変お疲れ様でした」

————長いようで短かった聖女試験が、幕を下ろした。

第四章

聖女試験を終え、会場を後にした私は夫のエドと護衛のオーウェンを連れて、医務室に向かう。応援に駆け付けてくれたギルバート皇子殿下やエリック皇帝陛下は、用事があるからと一足早く帰路についていた。

フローラは大丈夫かしら……？　傷が悪化したり、新たな症状に悩んだり……なんてことは、ないわよね？

テオドールが居るから大丈夫だとは思うけど、やっぱり心配だわ……あの傷はやけに治りが遅かったから。

不安げに瞳を揺らす私は、逸る気持ちを抑えながら廊下を突き進む。

憂いげな表情を浮かべる私の隣で、エドは僅かに眉尻を下げた。

「……きっと大丈夫だ。あまり心配するな」

ゴツゴツとした大きな手で私の頭を撫でる彼は『さあ、着いたぞ』と言って、医務室の前で立ち止まる。

白い扉の向こうからは、微かに消毒液の匂いがした。

今更だけど……どんな顔をして、フローラに会えばいいのかしら？

もちろん、フローラのことは心配だし、今すぐ容態を確認したいけど……顔を合わせるのは、ちょっと気まずい。

自分勝手な理由で延命させたからこそ、どうも罪悪感が……いっそのこと、テオドールに容態の報告だけしてもらおうかしら？

直前になって入室を躊躇う私は、扉に伸ばした手を引っ込めた。

『会いたいのに会いたくない』という気持ちに悩み、葛藤を繰り広げる。

そんな私を他所に────エドは何も考えず、扉を叩いてしまった。

えっ!?　嘘でしょう!?　まだ心の準備が……!!

「マルコシアス帝国第二皇子エドワード・ルビー・マルティネスだ。ここに義姉のフローラが居ると聞いて来たんだが……中に入ってもいいか？」

私の心の叫びなど露知らず……エドは入室の許可を求める。

『そんな……』と絶望する反面、ウジウジしている自分が馬鹿らしくなった。

何も間違ったことはしていないのだから、エドのように堂々としていればいいわ。

人命救助は立派な善行だもの。

『罪悪感に苛まれる必要はない』と自分に言い聞かせ、私は背筋を伸ばした。

真っ直ぐに前を見据え、待機する中、扉の向こうから微かに物音が聞こえる。

「────どうぞ、お入りください」

入室を促す声は聞き覚えのある……いや、聞き慣れたものだった。

声の主に心当たりのある私は、『何故この方が入室の許可を？』と頭を捻る。

エドやオーウェンも私と同じ人物を思い浮かべていたのか、不思議そうに首を傾げた。

「失礼する」

ここであれこれ悩むより直接見た方が早いと判断したのか、エドはドアノブに手を掛ける。

ガチャッと音を立てて扉を開き、そのまま中へ入った。

私とオーウェンもその後ろに続き、真っ白な空間をグルッと見回す。

部屋の大きさはそこそこだが、十を超える白いベッドと大きな薬品棚のせいで少々手狭に感じる。

でも、隅々まで掃除されているため、室内はとても綺麗で清潔感に溢れていた。

『いい部屋ね』と表情を和らげる私は、ここへ運び込まれたフローラに視線を向ける。

窓側のベッドで眠る彼女は白いシーツに包まれており、無防備に寝顔を晒していた。

その傍にはテオドールに加え、マリッサの姿もある。

一応、結婚前の男女だから気を利かせたのだろう。

それはさておき――――。

「――――ねぇ、他の人達はどうしたの？　教会から派遣された医者や治癒魔導師が、居た筈でしょう？」

言外に『追い出したのか？』と尋ねれば、テオドールはクスリと笑みを漏らした。

窓に密着していた体を起こし、ペリドットの瞳に鋭い光を宿す。

「通常業務に差し支えるだろうと、早々にお帰り頂きました。フローラ嬢の処置は、私一人で事足りますから。あまり人が多くても、邪魔なだけでしょう?」

上手に本音を隠したテオドールはやはり、どこまでも胡散臭かった。

これ以上問い質すのは危険だと察し、『そう』とだけ言っておく。

私は壁際に控えるマリッサに軽く声を掛けてから、フローラの眠るベッドへ近づいた。

「見た限り、フローラお姉様の体調は随分回復したようだけれど……実際はどうなの?」

血色の良くなったフローラの顔を眺めつつ、オーウェンの用意した椅子に腰掛ける。

ベッドの横にエドと並んで座る私は、チラリとテオドールに目を向けた。

「結論から言うと、フローラ嬢の体調は――――ほとんど回復しています。体力低下と貧血状態を除けば、完治したと言えるでしょう。カロリーナ妃殿下のおかげで、内臓へのダメージも最小限に抑えられましたから。治療残しもほとんどなかったので、私の出番はあまりありませんでした」

『見事な腕前です』と言って、私を褒め称えるテオドールは僅かに目元を和らげる。

天才魔導師と謳われる彼に実力を認められ、私は少しだけ照れてしまった。

赤くなった頬を両手で押さえつつ、『フローラが無事で良かった』と安堵する。

ホッと胸を撫で下ろす私の隣で、エドはふと疑問を口にした。

「フローラ嬢が無事なのは良かったが……結局、体調不良の原因は何だったんだ? 何か大きな病気でも、患っていたのか?」

至極当然の疑問に、テオドールは表情を曇らせる。

顎に手を当てて考え込む彼は、僅かに視線を落とした。

一応考えは纏まっているものの、まだ確信は持てないため話そうかどうか迷っている……といったところだろうか？

正直、今回の体調不良は色々と謎が多すぎる。

フローラの言動もそうだけど、症状があまりにも不自然というか……形容しがたい違和感を覚えた。

フローラのことをじっと見つめたまま、私は当時の状況を振り返る。

『やっぱり、何か変よね』と思いつつ、顔を上げれば、テオドールと目が合った。

「私の考えを話す前に一つ確認させてください。カロリーナ妃殿下、フローラ嬢を治療する時——神聖力が効きづらくありませんでしたか？」

「!!」

まるで私の考えを見透かしたかのように、テオドールはそう尋ねてきた。

まだ誰にも話していないことを言い当てられ、私は気が動転してしまう。

動揺のあまり記念品の杖と賞状を落とすと、近くに居たオーウェンが咄嗟にキャッチしてくれた。

おかげで、純白の杖と賞状は無事である。

ホッと胸を撫で下ろす私の前で、オーウェンは『一旦荷物を預かりましょう』と申し出た。

実に有り難い提案に、私は直ぐさま首を縦に振る。

そして、オーウェンにきちんとお礼を言うと、改めて前を見据えた。

「ええ、確かに効きづらかったわ。全ての神聖力を注いでやっと治せたんだもの。あれは治りが遅いというより、何かに力を阻害されている感じだった……と思うわ」

これはあくまで私個人の感想なので、『絶対』とは言い切れず、言葉を濁す。

自信なさげに視線を泳がせていると、テオドールはどこか暗い面持ちで俯いた。

「やはり、そうでしたか……出来れば、私の予想が外れていて欲しかったのですが……」

声色に憂いを滲ませる彼は嘆息しながら、フローラに目を向ける。

哀れみの籠った眼差しには、残念な子を見るような呆れが滲み出ていた。

どうやら、我が姉は何かとんでもないことを仕出かしたらしい。

テオドールがここまで呆れるなんて、珍しいわね。

エドの言動に呆れ果てることは多々あるけど、今回はいつもの比じゃないわ。

「……まだ確証はありませんが、私の立てた仮説についてお話し致します。あくまで可能性の段階なので、あまり過信はしないでください。状況証拠とカロリーナ妃殿下の証言から、導き出した結論ですので」

『絶対とは言い切れない』と念を押すテオドールだったが、その目に迷いはなかった。

仮説の立証こそ出来ていないものの、自分の考えにかなり自信があるようだ。

顔を見合わせた私とエドは互いに頷き合い、『分かった』と返事する。

この場に張り詰めたような空気が流れる中、テオドールは『ふぅ……』と一つ息を吐いた。

「結論から申し上げます。私はフローラ嬢の体調不良の原因が────マナの秘術によるものではないか、と睨んでいます」

　鼓膜を揺らした聞き慣れない単語に、私とエドは顔を見合わせた。

『今、マナの秘術って言った？』と視線だけで問い掛け合い、首を傾げる。

　マナの秘術って、確か……数百年前に滅びた魔法大国で生み出されたものよね……？

　まあ、完成する前にマルコシアス帝国に滅ぼされて、研究はそのまま闇へ葬られたみたいだけど……。

　帝国史に載っていた記述を思い出し、私は困惑する。

　何故、数百年も前に葬られた研究がフローラの体調不良に関係しているのか？　と。

「カロリーナ妃殿下はマナの秘術について、どのくらいご存知ですか？」

「魔導師を強化するための実験、ということしか知らないわ。歴史的背景を含めるなら、もう少し知っているけど……秘術そのものの知識はほとんどないわね」

　実質何も知らないのと同じだと答えれば、テオドールは『分かりました』と首を縦に振る。

「では、マナの秘術について一からご説明致しましょう。ただ、不明な点が多いので、私の憶測も交じえて話していきます」

　そう前置きするテオドールに、私は表情を強ばらせながらも、しっかりと頷いた。

　フローラの体調不良の原因を探るためとはいえ、亡国の機密事項に関わるのは少し怖い。

　マルコシアス帝国が……発展のために努力を惜しまない国が闇へ葬ったということは、多分
――恐ろしい研究だろうから。

「まずはマナの秘術を使うことによって、得られる効果を話していきましょうか。辛うじて、残っていた研究資料によると――魔力の質を向上させる作用があるそうです」

形のいい唇から発せられた言葉に、私とエドは目を剥いた。

衝撃のあまり固まる中、私は顎に手を当てて考え込む。

「魔力の質を上げるなんて、考えたこともなかったわ……皆、量ばかり気にするから。決して簡単なことではないと思うけど、具体的にどうするの？」

コテリと首を傾げる私は、頭に浮かんだ疑問をそのままぶつけた。

すると、テオドールはカチャリと眼鏡を押し上げる。

「魔力の質を上げる上で、やることはただ一つ――マナの吸収量を増やすことです」

「マナの吸収量を増やす……？　えっ？　一体、どういうこと？　魔力の質とマナに、何か関係でもあるの……？」

想像もしなかった回答に目を白黒させる私は、必死に思考を回す。

どうにかしてテオドールの説明を呑み込もうとするものの、衝撃的すぎて頭が追いつかなかった。

「これはあくまで憶測ですが……魔力とは、そもそも――マナを使いやすいよう、改良した劣化版ではないでしょうか」

「……えっ？」

更に話がややこしくなり、私とエドは素っ頓狂な声を上げる。

魔力＝マナの劣化版という考えが理解出来ず、困惑していると、テオドールは再度口を開いた。

「まず、大前提として私は――――異能力を発揮する力の源がマナだと考えています。つまり、マナこそが魔法を巻き起こす根本たるエネルギーなんです。我々はそれをエネルギー変換《魔力化させ》し、マナの恩恵にあやかっているに過ぎません」

「なる、ほど……」

だんだん見えてきた話の全貌に目を細め、私は口元に手を当てた。

様々な疑問と憶測を並べながら、先程テオドールが『劣化版』と言った意味を考える。

もし、テオドールの話が全て本当なら、より多くのマナを取り込むことで魔力の質は上がる。

そうすれば、一度に消費する魔力量も減るし、もっと強力な魔法を使うことだって出来るだろう。

昔の人々は恐らく、体内により多くのマナを取り込み、操ることで魔導師の強化を図ったのだ。

「話は大体、分かったわ。それで、本題に戻るけど――――どうして、マナの秘術を使うと体調を崩すの？」

『マナ過敏性症候群でもなければ、平気だと思うけど……』と、私は疑問を提示した。

大してマナを危険視していない私に、テオドールはスッと目を細める。

「先程、『魔力はマナを使いやすいよう、改良した劣化版だ』と言ったのを覚えていますか？」

「ええ、覚えているけど……それがどうかしたの？」

『何故、今その話が出てくるのか？』と首を傾げる私に、テオドールは神妙な面持ちで口を開く。

「わざわざマナを改良し、魔力化するということは――――体が、マナの負荷に耐えきれないということです」

導き出された一つの答えに、私は戦慄を覚え、手で口元を覆い隠した。

不確定要素の多い仮説だが、一応筋は通っている。

少なくとも、矛盾点は見つからなかった。

「絶対にそうだとは言い切れませんが、その可能性は高いと踏んでいます。実際、この研究に携わった被験者たちはほぼ全員体調を崩していますから……そのまま、命を落とした者も居ます。表面上は謎の病による病死となっていますが、マナの負荷によるものだと考えるのが妥当でしょう」

病死という言葉にピクッと反応を示し、私はベッドに横たわるフローラを見つめる。

僅かに色づいた頰と上下する胸は、彼女が今生きている証だ。

まだマナの秘術を使ったという確証はないけど、確かにフローラの様子はおかしかった。

今朝からずっと調子が悪そうだったし、魔法を使う度に苦しんでいた。

だから、マナの秘術を使った可能性は非常に高い……でも、仮にそうだとして────。

「────どうして、お姉様はマナの秘術を使ったのかしら……？」

至極当然の疑問が思い浮かび、私はコテリと首を傾げる。

マナの秘術を使う必要性など、全く感じなかったから。

フローラはマナの秘術なんか使わなくても、充分優秀だわ。

過去に何度も重傷者を治してきたし、傷跡も残さず完治させてきた。

セレスティア王国で行った聖女試験では、残念ながら不合格だったみたいだけど……でも、他の聖女候補と同じくらい優秀なのは間違いない筈。

なのに、何でマナの秘術なんか……。

どう考えても不可解な行動に、私は頭を悩ませる。

『自らリスクを犯すなんて、フローラらしくない』と不審がっていると、隣に座るエドが口を開いた。

「どうしても、聖女になりたかったんじゃないか？　この女の元々の実力は知らないが、少しでも可能性を上げるために手を尽くしたんだろう」

「それなら、一応筋は通っているわね。でも――――」

そこで一度言葉を切ると、私は悩ましげに眉を顰めた。

「――――聖女になった後は、どうするつもりだったのかしら？　だって、マナの秘術を使って死んでしまっては元も子もないじゃない……聖女の座に就いていられるのは、一瞬だけよ」

「それじゃあ、聖女になった意味がないな。リターンが少なすぎる」

納得した様子で頷くエドを前に、私はテオドールに視線を移した。

口元に緩やかな弧を描く彼は、既に考えが纏まっているのか、迷いを一切見せない。

「テオドールは何故お姉様がマナの秘術を使ったのか、分かる？」

「ええ、大体は……と言っても、確証はありませんがね」

「それでも、構わないわ。貴方の意見を聞かせてちょうだい」

『お願い』と懇願すれば、テオドールは仰々しい態度で頭《こうべ》を垂れた。

『カロリーナ妃殿下の仰せのままに』と口にし、胡散臭い笑みを零す。

「では、僭越ながら私の意見を述べさせて頂きます。私は――フローラ嬢の実力が聖女候補の肩書きと釣り合わないため、マナの秘術を使ったものだと考えております」

「「へっ……？」」

物事の根本を覆す発言に、私とエドは思わず素っ頓狂な声を上げた。

〝フローラは優秀な魔導師〟という前提を切り崩しに掛かったテオドールに、『どういうこと？』と視線だけで問い掛ける。

「ご存知の通り、フローラ嬢は完璧主義を掲げるお方です。そんな方がリスクしかないマナの秘術に手を出すなど……普通の状態では、考えられません。なので、彼女の最も嫌がることは何かと考えました。自分のプライドを傷つけられること？　いいえ、違います。公爵家の名に泥を塗ることです」

フローラの性格を実によく理解しているテオドールは、淡々と言葉を重ねる。

「もし、聖女試験で自分の圧倒的実力不足を晒せば、確実に後ろ指をさされます。完璧かつ完全でなければならないサンチェス公爵家に、他の誰でもない自分が不利益を与えるなど……きっと、耐えられなかったんでしょう」

完璧令嬢のフローラとは無縁そうな言葉の数々に、私は軽く目眩を覚える。

白が黒に、表が裏に、上が下になるような感覚に私は困惑を覚えた。

……確かに完璧主義を掲げるフローラなら、実力を補うためにマナの秘術に手を出してもおかしくない。

惨めな想いをするくらいなら、死んでやる！　くらいは思ってそう……。でも――――。

「――――それじゃあ、今までの活躍はどう説明するの？　フローラお姉様は、何度も怪我人を治療してきたのよ？　それも公衆の面前で……私だって、何度もこの目で見てきたわ」

おもむろに右目を指さし、私自身が証人だと申し出れば、テオドールはスッと目を細めた。

『何度も、ですか』と意味深に呟く彼は、カチャリと眼鏡を押し上げる。

「では、カロリーナ妃殿下はフローラ嬢の魔法行使に何度も立ち会ってきたのですね？」

「ええ、まあ……フローラお姉様は、私に惨めな想いをさせるためによく連れ回していたから。恐らく、ほぼ毎回立ち会っていたと思うわ」

セレスティア王国での苦々しい記憶を振り返り、そう答える。

複雑な心境に陥る私を他所に、テオドールは我が意を得たりと言わんばかりに微笑んだ。

「そうですか。それなら、私の話にも信憑性が出てきますね。フローラ嬢は恐らく――――カロリーナ妃殿下の神聖力で、力を増幅させてきたのではないでしょうか？　神聖力の増幅能力は、本当に強力でしたから」

実体験を元にそう語るテオドールに、『確かにあれは凄かった』とエドも同意した。

目から鱗の考察に、私は目を見開いて固まる。

『それは有り得ない』と否定出来ないのは、無意識に力を使ってきた可能性があるからだ。

野営でコレットが倒れた時も無自覚に神聖力を行使していたから、正直否定出来ないわ……。

まあ、信じ難い事実であることは確かだけど。でも、一応辻褄は合う。

思い返してみれば、私の居ないところでフローラが魔法を使ったことなんて、ほとんどなかったもの……。

それにしても、これはどんな皮肉かしらね？　私自身がフローラの名声を高めていたなんて……。

怪我人の治療に文句はないけど、これはちょっと間抜けね。

まあ、フローラも狙ってやった訳じゃないだろうし、別に構わないけど……だって、出来損《わたし》ないの力を借りて活躍するなんて、彼女のプライドが許さないだろうから。

「とりあえず、テオドールの意見はよく分かったわ。話してくれて、ありがとう。それと――ずっと気になっていたのだけど、テオドールは何故フローラお姉様がマナの秘術を使っていると思ったの？」

感謝の言葉を口にした上で、私は更なる疑問をぶつける。

フローラの症状から、マナの秘術を使った可能性があると判断することは出来ても、そうだと断定することは出来ない。

探せば、他の可能性だってあったのに何故そう決めつけたのか気になった。

レンズ越しに見えるペリドットの瞳を真っ直ぐに見つめ返すと、彼は僅かに目を伏せる。

「私がマナの秘術を使ったと確信したのは――魔力回路の損傷具合を確認してからです。もちろん、フローラ嬢の症状がおかしかったのもありますが……」

おもむろに腕を組むテオドールは、ベッドに横たわるフローラにチラリと目を向けた。

「カロリーナ妃殿下のお力でフローラ嬢の傷はほとんど完治していましたが、魔力回路に何箇所か傷が残っていまして……そのどれもが、内側から引き裂かれたものでした。ですから、確信を持てたんです。まあ、可能性を疑い始めたのはジョナサン大司教の私室でマナの秘術に関する研究資料を発見してからですが……」

『無論、研究資料は全て処分しましたけど』と付け足しつつ、テオドールは肩を竦める。

淡々とした口調で事実を述べる彼の前で、私は一つ息を吐いた。

脳内に駆け巡る情報を整理しながら、テオドールの知識量と観察眼に脱帽する。

――――と同時に、彼の細やかな気遣いに気づいてしまった。

教会関係者を全員部屋から追い出したのは、そういうことだったのね……。

自分と同じように魔力回路の損傷具合から、体調不良の原因を探り当てるかもしれない、と警戒したんだわ。

『一応、私の姉だから配慮したのだろう』と推測する中、テオドールと目が合う。

真剣味を帯びた瞳でこちらを見つめる彼は、なんとも言えない迫力があった。

緊張のあまり縮こまる私を前に、テオドールは改まった様子で背筋を伸ばす。

「体調不良の原因を紐解いた上でお尋ねします。カロリーナ妃殿下は――――マナの秘術を使用したフローラ嬢をどうなさいますか？　告発されますか？」

どう対応するつもりかと尋ねてくるテオドールに、私は苦笑を漏らす。

本来であれば、この場の最高権力者であるエドに判断を仰ぐべきだが……彼は敢えて私を選んだ。

『過去の鬱憤を晴らすチャンスだ』と、誘っているのだろう。

マナの秘術は多くの国で禁止されているものだ。

もし、聖女候補のフローラがそれを使ったとなれば……物議を醸すことになるのは、間違いない。

完璧令嬢と謳われるフローラでも、徒《ただ》では済まないだろう。

絵に描いたような転落人生を歩むことになるかもしれない……。

でも――――フローラを苦しめるのに、これ以上最適なものはなかった。

シーツに散らばる白銀色の長髪を見つめ、私は自身の横髪に触れる。

何度も馬鹿にされてきた濃灰色の髪は、光を帯びて艶めいた。

「……告発は――――しなくていいわ。確固たる証拠がある訳じゃないし、黙っていましょう」

悩んだ末に絞り出した結論に、テオドールは『そうですか』と肩を竦める。

隣に座るエドは少々不服そうだが、『それがリーナの意思なら』と口を噤んだ。

フローラに復讐したい気持ちが、全くない訳じゃない。

でも、こんな風に貶めるのは何か違う気がした。

フローラがマナの秘術を使うために他人を巻き込んだなら、話は別だけど……。

でも、今回はそうじゃないから……被害を被ったのも、リスクを背負ったのも全てフローラだけ。

なら、少しくらい目を瞑ってあげたっていいでしょう。

複雑な心境に陥りながらも、黙認を決意すると――――フローラの睫毛がフルリと震えた。

『ん……』と声を漏らす彼女は、ゆっくりと瞼を上げる。

そして、パパラチアサファイアの瞳に私を映し出した。

「お、かあ……さま？」

掠れた声で言葉を紡ぐ彼女は、ぎこちない動作でこちらへ手を伸ばした。

真っ白な手が私の肌に触れ、スルリと頬を撫でる。

その手つきは、壊れ物を扱うかのように優しかった。

フローラったら、一体どうしちゃったの……？

私に優しくしてくれたことなんて、一度もなかったのに……もしかして――――私をお母様だと勘違いしている？

私はお母様によく似ているみたいだし……。この髪だって、遠目から見れば黒に見えなくもない……。

でも、フローラは『カロリーナがお母様に似ているなんて、有り得ない！』って言っていた筈だけど……。

頬に触れる指先とフローラの柔らかい表情に困惑していれば、彼女はふわりと微笑んだ。

「お母様、やっと会えましたね。私はずっとこの時を待ち望んでおりまし……」

「――――ごめんなさい、お姉様。私はお母様じゃないわ」

さすがにこのままじゃ埒が明かないと判断し、私はさっさと正体を明かす。

頬に触れる指先を引き剝がし、『ごめんなさい』と再度謝罪した。

私の声にピクリと反応を示したフローラは呆然とし、パチパチと瞬きを繰り返す。

そうすることで、視界が良好になったのか……私の顔を見て、ギョッとした。

「な、何でカロリーナがここに……!?　私は死んだ筈じゃ……!?」

ベッドに肘をついて、上半身を起こす彼女は驚きのあまり後ずさる。

意味が分からないと言わんばかりに頭《かぶり》を振り、困惑を露わにした。

「フローラお姉様は、死んでいませんわ。私が持つ力を全て使い、どうにか助けました。そして、ここは教会本部の医務室です」

簡潔にこの状況を説明すると、フローラは少し目を見開き……ギシッと奥歯を噛み締める。

周囲に人が居ることにも気づかず、こちらを睨みつけた。

憎悪の籠った眼差しからは、敵対心をヒシヒシと感じる。

「何で助けたのよ!?　余計なことしないでちょうだい!!　カロリーナに助けられるくらいなら、死んだ方がマシよ!!」

ヒステリックに喚き散らすフローラはグシャグシャと髪を掻き回し、『最悪の気分だわ！』と吐き捨てた。

「お母様を殺した分際で、一丁前に人助け？　いいご身分じゃない！　貴方の自己満足に付き合わされる私の身にもなりなさいよ！　出来損ないのくせに、調子に乗らないで！」

もはや言いたい放題のフローラに、エドは眉間に皺を寄せる。

背後におどろおどろしいオーラを放ちながら、拳に力を入れた。

このままだと、フローラを殴ってしまいそうである。

エドは無意味に暴力を振るうような人じゃないけど……ちょっと心配ね。出来れば、抑えて欲しいのだけど……。

絶対零度の眼差しでフローラを射抜くエドに、私は内心ハラハラする。

『どうにかして、怒りを鎮めなきゃ』と思い、テオドールに助けを求めるものの……彼は静観するだけだった。

むしろ、『やってしまえ！』と言わんばかりに頷いている。

『一発くらいなら、誤魔化せます』とアイコンタクトで伝えてくるテオドールに、私はサァーッと青ざめた。

フローラ！　本当にもうそろそろ、やめた方がいいと思うわ！　色んな意味で！

と焦る私を置いて、フローラは『母親殺しの大罪人』云々と喚き続ける。

ついに我慢の限界に達したのか、エドが少し身を乗り出した。

次の瞬間────バンッと勢いよく扉が開け放たれた。

その物音にビックリして、思わずエドの腕に手を添えれば、彼はスッと怒りを収める。

『大丈夫だ』とでも言うように私の頭を撫で、そのまま椅子に座り直した。眉間に刻まれた皺も、綺麗に消えている。

なんと言うか……私の旦那様は単純な方ね。最初から、こうしておけば良かったわ。

ホッと胸を撫で下ろす私を他所に、テオドール達は残念そうに肩を竦めた。

かと思えば、私達の背後に目を向ける。

「随分と急いで来たようですね────レイモンド公爵。顔色が優れないようですが、大丈夫ですか?」

父の名前にピクリと反応を示した私とフローラは慌てて扉の方を振り返る。

そこには、確かに父の姿があった。

余程急いで来たのか、髪や服は少し乱れている。

フローラが倒れたと聞いて、駆け付けてくれたんでしょうけど……ちょっと様子がおかしいわね。

焦っていたとはいえ、お父様がこんな無作法をするかしら……?

嫌な予感を覚える私の前で、父は軽く息を整えると、優雅にお辞儀した。

「エドワード・ルビー・マルティネス皇子殿下、並びにカロリーナ・ルビー・マルティネス妃殿下にご挨拶申し上げます。また、ノックもなしに突然入室してしまい、申し訳ありませんでした。扉越しに娘の罵声が聞こえ、焦ってしまったようです」

嫌な予感というのは的中するもので……父はフローラの暴言を聞いてしまったらしい。

思い詰めた表情を浮かべる父の姿に、私は眉尻を下げた。

『お父様にだけは知られたくなかったのに……』と落ち込む中、フローラはバツの悪そうな顔で俯く。

どうやら、やっと正気を取り戻したようだ。と言っても、もう遅いが……。

弁明の余地もない状況に追い込まれた彼女は、シーンと静まり返った空間で唇を噛み締める。

「娘の不始末、申し開きのしようもありません。カロリーナ妃殿下に向けた無礼の数々……到底許されることではないでしょう。如何なる処罰も受ける所存です」

サッとその場に跪いた白銀髪の男性は深々と……本当に深々と頭を下げた。

謝罪の言葉すら烏滸《おこ》がましいと思っているのか、彼はひたすら処罰の決定を待つ。

その姿は貴族として……そして、子を持つ親として相応しいと思う反面、居た堪れなかった。

私の父親として許しを乞う選択肢だって、あった筈なのに……お父様はサンチェス公爵家の当主として接してきた。

公私混同を嫌うお父様らしいけど……少し寂しい。

頼ってくれないのが、こんなに歯痒いことだったなんて知らなかったわ。

「……レイモンド公爵に娘の再教育を命じます。きちんと矯正しなさい」

遠回しに無罪放免を言い渡せば、父はビックリしたように顔を上げる。

今回は目撃者が少ない上、私への侮辱だけだったので罰を軽くすることは簡単だった。まあ、本来なら重罰を与えるべきなんだろうが……。

『家族に苦しんで欲しくない』と考える私を前に、父は何か言いたげな表情を浮かべる。

でも、ここで食い下がってもいいことはないと判断したのか、大人しく頭《こうべ》を垂れた。

「はっ。カロリーナ妃殿下の寛大なお心に感謝申し上げます」

素直に私の意見を受け入れた父に頷き、私はエドと共に席を立った。

気絶したフローラが目覚め、保護者の父が来た以上、ここに居座る理由はない。長居は無用だ。

でも────最後にちょっとくらい言い返してもいいわよね。

「お姉様、最後に一つ言わせてください」

4
無自覚聖女は今日も無意識に力を垂れ流す
今代の聖女は姉ではなく、妹の私だったみたいです
あーもんど
Almond
Ill. あんべよしろう
Yoshiro Ambe
初回版限定
封入
購入者特典
特別書き下ろし。
挨拶
※『無自覚聖女は今日も無意識に力を垂れ流す4　今代の聖女は姉ではなく、妹の私だったみたいです』をお読みになったあとにご覧ください。
EARTH STAR
LUNA

私は『いやいや、充分よ！』と言い募る。

「もう来れないと思っていたから、凄く嬉しい……！　ありがとう、エド！」

満面の笑みを浮かべる私は、『まるで夢のようだわ！』と目を輝かせた。

寂しさなど何処かへ吹き飛んだ私を前に、エドはスッと目を細める。

「ああ。でも、今日みたいにお忍びになるだろうから、ゆっくりは出来ないぞ。聖女《リーナ》や皇子《俺》が普通に訪問すれば、大騒ぎになるからな。またセレスティア王国の上層部にだけ、話を通してこっそり入国することになると思う」

「それでも、全然構わないわ！　むしろ、そっちの方が気楽でいい！」

『周りの目を気にしなくて済むから！』と力説し、私はエドの手を掴んだ。

そして、ゆっくりと立ち上がる。

「なら、良かった。じゃあ、今日のところはもう帰ろう」

「ええ、そうね」

少し離れた場所で待機してもらっているテオドールのことを思い出し、私は頷いた。

『あまり長く待たせると、小言を言われるかもしれない』と考えつつ、一度お墓に向き直る。

「――――それでは、ごきげんようお母様。またエドと一緒に、会いに来ますね」

笑顔で別れの挨拶をした私は、エドに手を引かれるままこの場を後にした。

フローラのことを真っ直ぐに見つめ、私は表情を引き締める。

そして、ルビーの瞳に強い意志を宿すと、ゆっくりと口を開いた。

「私はもう――――サンチェス公爵家唯一の出来損ないではありません。聖女の才能においては、お姉様より上です。これだけは、しっかり覚えておいてください」

わざわざ声に出して、自分の方が優秀だと言い放つ私はきっと嫌な女だろう。

でも、これだけはどうしても言っておきたかった。出来損ないと言われた過去の自分と決別するためにも……。

ワナワナと震えるフローラを一瞥し、私は医務室を後にする。

達成感とも満足感とも言えない感情を抱えながら、廊下を突き進んだ。

「……あれで良かったのか？」

そう言って、私の顔を覗き込んできたのはエドだった。

隣を歩く彼は、『皇族侮辱罪で捕まえることも出来たんだぞ』と助言する。遠回しに罰が軽すぎると言われ、私は苦笑を浮かべた。

「あれで良かったのよ。フローラお姉様にとっては、ある意味一番応える罰だろうから」

「……ん？　それはどういう意味だ？」

コテリと首を傾げるエドは、こちらの意図を理解出来ず困惑している。

だが、私達の後ろに控えるテオドールやマリッサは瞬時に事情を察したのか、『あぁ、なるほど』と頷いた。

「いい？　エド。フローラお姉様にとって、一番屈辱的なのは大嫌いな私に助けられることよ。今回、お姉様は私のおかげで死を免れ、名誉を守れた。お姉様からすれば、屈辱以外の何ものでもないでしょうね」

『だから、これで良かったのよ』と説明を締め括れば、エドは納得したように頷いた。

そこに不快感はなく、『そういう処罰方法もあるんだな』とただただ感心している。

私の黒い部分を知っても、彼は決して軽蔑しなかった。

「リーナもだんだんテオに似てきたな。まあ、リーナの腹黒は可愛いから全然ありだが……」

「おやおや……それは一体、どういう意味でしょうか？」

毎度のことながら一言余計なエドに、テオドールはニッコリと微笑む。

ゾッとするほど恐ろしいオーラを放ちながら、エドに詰め寄った。

『こ、これはその……』と言い淀むエドを横目に、私は静かに手を合わせる。

エド、強く生きて……。

《レイモンドside》

徐々に遠ざかっていくカロリーナ達の足音を聞き流し、私は肩の力を抜いた。

シーンと静まり返る空間を前に、内心頭を抱える。

フローラが倒れたと聞いて、駆け付けてみれば……まさか、こんなことになっていたとは。扉越しにフローラの罵声を聞いた時は、心臓が止まるかと思った。

『はぁ……』と深い溜め息を零す私は、心労のあまり目頭を押さえた。

疲労感を隠し切れない私の前で、フローラはベッドに座り直す。

何かを堪えるようにギュッと握り締めた拳は、僅かに震えていた。まるで、爆発しそうな感情を押さえつけるかのように……。

さっきのように喚き散らすことはないが、まだ怒りは収まらないようだ。

フローラとカロリーナの仲は、良好じゃなかったのか……。

実の妹に罵詈雑言を浴びせるほど、嫌っていたなんて、知らなかった……。

おまけにあの様子だと、今回が初めてじゃなさそうだな……。

一体いつから、こんなことに……娘達の苦しみに気づけなかった自分が心底情けない。

仕事ばかりで娘達の苦しみに気づけなかった、過去の自分が悔やまれる。

最低な父親だと自己嫌悪に陥る私は、黙って俯くフローラに、なんて声を掛ければいいのか分からなかった。

今更自分に何が出来るのかと、思い悩む。

ここは親として、きちんと叱るべきなんだろうが……家庭を疎かにしてきた私に、フローラを叱る資格なんてあるのだろうか。

フローラがこうなってしまった原因は、私にもある。

もっとちゃんと向き合っていれば、フローラが凶行に及ぶこともなかったかもしれない……だから、偉そうにお説教を垂れるのはなんだか違う気がした。

『だからと言って、放置も出来ないが……』と考える私は、必死に思考を回す。

――――が、なかなかいい案が思い浮かばず……とりあえず、フローラの言い分を聞いてみることにした。

驚かせないようにそっと彼女に近づき、ベッドの傍にあった椅子に腰を下ろす。

「フローラ、何故あんなことをしたのか教えてくれないか？」

出来るだけ優しく……穏やかに尋ねれば、フローラはピクリと反応を示した。

僅かに顔を上げた彼女は――――髪の間からこちらを睨みつけ、強く握り締めた拳を振り上げる。

未だに胸の中で燻る怒りを抑え切れないのか、ダンッとベッドに拳を叩き付けた。

「何故あんなことをしたのか、ですって!? そんなの決まっているじゃない!! カロリーナが……母親殺しの忌み子が、気に入らなかったからですわ!! だから、言ってやったんです!! お前は存在する価値もない人間だ、と!! それのどこが間違っていると言うのですか!?」

まるで感情をせき止めてきたダムが壊れたように、フローラは矢継ぎ早に本音をぶちまけた。

美しいパパラチアサファイアの瞳は若干血走っており、酷く濁っている。

ハッキリ言ってフローラの言い分は滅茶苦茶だが、鬼気迫る何かを感じた。

「あいつさえ生まれてこなければ、お母様は助かったんです!! そうすれば、全て上手くいったのに……!! だから、社交界で孤立するよう仕向け、周囲の評判をどんどん落としてやったんです!! カロリーナだけ幸せになるのは、許せなかったから!! あいつは不幸になるべき人間なんです!!」

子供のように自分勝手な考えを振り翳すフローラは、完全に理性を失っていた。

怒りや憎悪といった感情が前面に出ており、その眼からは殺意すら感じる。

こんな風になるまで、フローラの異常に気づけなかったとは……親として、情けない限りだな。

もっと早くフローラの本音と向き合うべきだった……あいつはしっかりしているからと油断したみたいだ。

どんなに外面を取り繕っても、中身はまだ子供だというのに……。

申し訳ない気持ちでいっぱいになる私は、そっと眉尻を下げる。

『私は本当にダメな父親だ』と嘆く中、フローラは文句を言い終えた。

『はぁはぁ』と短い呼吸を繰り返す彼女の前で、私は一人考え込む。

どうすればフローラの歪んだ考えを正すことが出来るのか、と。

そして、ふと────カレンの姿を思い出した。

「フローラ、お前の気持ちを否定するつもりはない。でも────」

そこで言葉を切ると、私は愛しい妻の笑顔を頭に思い浮かべた。

「――――賢いお前なら、もう気づいている筈だ。カレンがカロリーナを愛していたこと。誰も憎まなかったこと。カロリーナの出産に後悔がなかったこと……そして、フローラの将来を死ぬ直前まで案じていたこと」

「っ……!!」

「カレンは誰よりもお前のことを理解していた。だからこそ、心配していたんだ。お前の中にある未熟な面がいつか大きな騒動を引き起こすのではないか、と……」

カレンには全てお見通しだったんだと語れば、フローラはクシャリと顔を歪めた。

目に涙を溜める娘の姿に、私は心を痛める。

潤んだパパラチアサファイアの瞳を見ていると、『まだあの子達の傍に居たかった』と嘆く妻の姿を思い出すから。

すまない、カレン……お前は何度もフローラのことを気に掛けるよう、言っていたのに……私は何も出来なかった。いや、しなかった。

あの子なら大丈夫だろう、と放置してしまった。そんな筈ないのに……どんなに大人びていても、フローラはまだ子供なのだから。

あの時、私はフローラの父親として泣きじゃくる娘をこの腕で抱き締めるべきだった。

上手く慰めることは出来ずとも、共に涙を流し、カレンの死を惜しむことは出来た筈だ。

それなのに、私は……カレンの死のショックと仕事に追われ、何もしてあげられなかった……!

『父親失格だな……』と自嘲しながら、私はグッと手を握り締める。

胸が引き裂かれるほどの後悔の念に苛まれていると、フローラはこちらに背を向けた。

かと思えば、ベッドに横になり、シーツを被る。

「……それでも、私の考えは変わりません。カロリーナは不幸になるべき人間です。だって、そうじゃないと、私は……」

先程より随分と落ち着いた声色で言葉を紡ぐフローラは、不意に言い淀む。

この場に僅かな沈黙が流れる中、私は口を開いた。

「分かった。それがお前の答えなら、構わない。でも、カロリーナを傷つけるようなことは……」

「いいから、もう出ていってください……！　一人になりたいんです……！」

フローラは『何も聞きたくない！』とでも言うように私の言葉を遮り、感情の赴くまま叫んだ。

とてもじゃないが、話し合いを出来るような状況ではない。

『これは暫く、そっとしておいた方がいいな』と判断し、私はゆっくりと席を立った。

《フローラside》

素直に退室していく父を尻目に、私は肩の力を抜いた。
パタンと閉まる扉の音を聞き流し、長い長い息を吐く。
シーンと静まり返る空間は心地好いのに、なんだか切なくて……胸を締め付けられた。
私はこの世に一人きりだと、思い知らされているような気がするから……。
嗚呼、お母様に会いたい……寂しい。
幸せだった、あの頃に戻りたい。
孤独感や疎外感に苛まれる私は、心の中で弱音を吐いた。
零れそうになる涙を既《すんで》のところで堪えながら、そっと目を閉じる。
そして、ふと母の言葉を思い出した。
『――――泣きたい時は、泣いてもいいのよ』
記憶の中に残る母は穏やかに微笑みながら、そう言ってくれた。
刹那――――私の目から、一筋の涙が零れ落ちる。
ツーッと頬を伝ってベッドに落ちるソレは、シーツに小さなシミを作った。
こんな風に泣くのは、いつぶりだろう……もう何年も泣いていなかった気がする。
次から次へと溢れてくる涙をそのままに、私は指先でシーツのシミを撫でる。

「お母様……」

涙と共に込み上げてくる想いを、私は上手く消化出来ずにいた。

吐きたいのに吐けないという苦しみに耐えながら、私は懐かしい思い出を呼び起こす。

記憶の中に居る母に触れれば、少しは楽になるかもしれない、と思ったから……。

◇◆◇◆

時は遡り、十数年前の冬――――私は既に完璧令嬢の仮面を被っていた。

周囲に天才と持て囃され、『何でも出来て当たり前』という扱いを受ける私は、変に背伸びをする。

『なんだ、この程度か』と失望されたくなかったから。

自分の本心も弱点も全部覆い隠して、私は完璧を演じ続けた。

でも――――母のカレンだけは、上手に騙せなくて……いつも、本当の私を見つけられてしまう。

「――――フローラったら、どうしたの？　今日は随分と元気がないわね。何かあった？」

そう言って、コテリと首を傾げる母は私の顔を覗き込んできた。

慈愛に満ち溢れるパパラチアサファイアの瞳を前に、私は目を剝く。

わざわざ、人通りの少ない裏庭まで来たのに……こんなにあっさり、発見されるとは。

しかも、お母様は――――私の姿を一目見ただけで、異常を感じ取った。

これは誰にでも出来ることじゃないわ……人の痛みや感情の変化に敏感な方じゃないと。

母の慧眼《けいがん》に舌を巻く私は、キュッと唇に力を入れた。

そして、喉元まで出かかった言葉を呑み込むと、必死に表情を取り繕う。

ここで、母の優しさに甘えてしまうのはなんだか違う気がしたから……。

『私は完璧令嬢なんだから』と言い聞かせ、泣きつきたい衝動を抑えた。

「ご心配頂き、ありがとうございます。でも、何でもありませんわ」

「あら、強がりはダメよ。貴方はまだ子供なんだから、無理をしなくていいの」

『何かある』と確信しているのか、母は決して追及の手を緩めない。

『一人で抱え込まないで』と言い、穏やかに微笑んだ。

「あのね、フローラ。我慢することは確かに大事よ。でも、それに慣れてはダメ。たまには、大声を上げて泣いてもいいの」

諭すような口調で言い聞かせる母は、『ほら』と言って両手を広げる。

こちらの考えていることなど全てお見通しのようで、安心して泣ける場所を用意してくれた。

やっぱり、お母様には敵わないわね。

精一杯の強がりも結局、無駄に終わってしまったわ。私もまだまだね。

堪え性のない自分に呆れながら、私は────母に抱きついた。

柄にもなく大粒の涙を流し、大好きな人の温もりに包まれる。

『良い子ね、フローラ』と囁く母の声は、非常に穏やかで……涙腺を崩壊させるほど、優しかった。

嗚呼、もう……私から、完璧令嬢という仮面を引き剝がせるのは今も昔もお母様だけよ。

『母は強し』という言葉を痛感しながら、私は彼女に身を委ねる。

そして、ただの子供でいられる時間を目いっぱい享受《きょうじゅ》した。

『嗚呼、幸せだな』と思いながら……でも――幸せな日々は長く続かなかった。

何故なら、母が――流行病で、命を落としたから。

産後の体調不良と重なり、あっという間に息を引き取ったという話だ。

黒のワンピースに身を包む私は、棺桶に入った母の亡骸をじっと見つめる。

『本当に亡くなってしまったのか？』と疑うほど穏やかな死に顔に、私はそっと目を逸らした。

胸の奥から込み上げてくる嘆きや悲しみに耐え、『泣かぬように』と己を律する。

愛する母の葬式でも隙を見せない……いや、見せられない私は、努めて冷静に振る舞う。

母の友人や公爵家の使用人が次々と泣き崩れる中、私は参列者へ声を掛けた。

葬式に来てくれたお礼や母との思い出話を述べ、出来るだけ元気づける。

本来であれば喪主の仕事だが、父は棺桶から離れようとしないため、娘の私が代役を買って出た。

『完璧令嬢なら、きっとこうする』と思ったから……。

「フローラ様は随分と落ち着いていらっしゃるわね。まだ幼いのに……ご立派だわ」

「そりゃあ、公爵家のご息女ですもの。当然でしょう」

「完璧令嬢の名は伊達じゃないって、訳か」

「涙一つ流さず、毅然とした態度で葬式を進めるなんて、普通の子供じゃ出来ないからな」

「私達の手助けなんて、必要なさそうね。フローラ様なら、一人で大丈夫でしょう」

『慰める』という選択肢を切り捨てた周囲の人々は、感心しきりといった様子で吐息を漏らす。

過信にも似たプレッシャーを前に、私は一瞬だけ息が詰まった。

『果たして、自分は完璧令嬢という名の重荷に耐えられるのか』と、不安になる。

今まではお母様が居てくれたから……心の拠り所があったから、問題なく完璧を演じられた。でも、これからは違う。

安心して泣ける場所も、ただの子供で居られる時間も失われ、私はある意味一人ぼっちになってしまった。

このまま完璧令嬢の仮面を被り続けるのには、無理がある。

いつか、限界が来て感情を爆発させる未来しか見えない。

『不満を溜め続けることは出来ない』と考え、私はどうするべきか迷う。

いっそのこと、完璧令嬢をやめようかとも思ったが――――今更周囲の期待を裏切ることなど出来なかった。

失望や落胆といった刃に刺されるのは、怖かったから。

臆病な私は完璧令嬢を演じ切る覚悟も、やめる勇気も持ち合わせていない。

『せめて、感情の捌け口があれば……』と思案する中――――不意に赤子の泣き声を耳にする。

反射的に顔を上げた私は、声のする方へ目を向けた。

すると、そこには――――妹であるカロリーナと乳母の姿があった。

『あらあら』と困ったように眉を下げる乳母は、お包みに巻かれたカロリーナをあやす。

「カロリーナ様も、奥様の死を悲しんでいるのかしら？　いつもより、大きな声で泣いているわ」

赤子の涙を都合良く解釈する乳母に、周囲の人々は同調した。

幼くして母親を亡くしたカロリーナに、みんな同情しているのだろう。

『お可哀想に……』と口走る彼らに、悪意はなかった。

どうして皆、カロリーナを哀れんでいるの……？　だって、あの子は――お母様が亡くなった、要因の一つじゃない。

あの子さえ、生まれてこなければ……お母様はまだ生きていたかもしれない。

だって、流行病に勝てなかった大きな原因は産後の肥立ちが悪く、完治に必要な体力を確保出来なかったことだから……。

衰弱しきった様子の母を思い出し、私は一つの考えに取り憑かれる。

そうよ……よく考えてみれば、悪いのは全部カロリーナじゃない。

お母様はあの子に殺されたんだわ。

生後間もない赤子を親の仇として認識し、私は行き場のない悲しみを怒りに変えた。

刹那――先程までの迷いや不安が消え、完璧令嬢を演じ切る覚悟が出来る。

だって、これは復讐する上で必要なものだから。

『どんなに辛くても、耐えてみせる』と心に決め、私はどんよりとした曇り空を見上げた。

お母様を殺したカロリーナに、存在価値など与えない……。

出来損ないの妹として、周囲に蔑まれるといいわ。

そして、一生苦しみなさい……！　母親の命を奪ってまで、生まれてきたことを後悔しながらね！

『カロリーナを不幸のどん底に陥れる』と奮起した私は、泣きじゃくる赤子の元へ向かう。

憎くてしょうがないカロリーナを笑顔で抱っこし、私は完璧令嬢の……いや、優しい姉の仮面を被った。

この子が自我を持つ前に、復讐の舞台を整えなければならない。

下準備を疎かにして、下手に反撃されたら困るもの。

やるなら、徹底的に……いや、完璧に。

それが、私の矜持《きょうじ》よ。

『絶対に復讐を完遂させる』と心に誓いながら、周囲を騙した。

『妹想いの良い姉だ』と絶賛する人々を前に、私は内心ほくそ笑む。

――こうして、私の復讐計画は幕を開けたのだった。

◇◆◇◆

復讐計画は途中まで……もっと正確に言うと、カロリーナがマルコシアス帝国に嫁ぐまで上手くいっていた。

セレスティア王国の人々は完全に私の味方だったし、みんな出来損ないのカロリーナを蔑んでいたから……でも、他国となると、そうもいかない。

現にマルコシアス帝国の人々はカロリーナを受け入れ、親切に接している。

このままでは、不幸になるどころか、幸せになってしまうだろう……そんなの耐えられない。

医務室のベッドに寝転がる私は、泣き腫らした顔に憎悪を浮かべる。

ベッドのシーツを握り締め、ギリッと奥歯を噛み締めた。

不幸に出来ないなら、せめて――――幸せにならないで欲しい……。

あの子が幸せを掴む姿なんて、絶対に見たくないもの……だから――――。

「――――どんな手を使ってでも、カロリーナの未来を奪う」

暗に『殺す』と言ってのけた私に、迷いはなかった。

だって、もう失うものなんてないから……父に本性がバレた時点で、私の人生は終わったも同然。

今更、取り繕ったって遅いだろう。

『だから、もう全部どうでもいい』と吐き捨て、私は自身の手のひらを見つめた。

皇子妃に手を出せば、きっと無事では済まないだろう。

でも、私は一度命を捨てた身……処刑など、怖くない。

「カロリーナ、近いうちに決着をつけましょう――――長年の因縁と私達の関係に」

今もまだ燃え続ける復讐の炎に身を委ね、私はギュッと手を握り締めた。

第五章

聖女試験を無事に終え、正式に聖女信仰協議会のトップになってから、早くも三日が経過した。

試験の後片付けも終わり、これでようやく一息つける――かと思いきや、私達は聖夜祭の準備に追われていた。

衣装の詳細や当日の流れなど決めることが多く、休める時間はほとんどない。

準備期間が短いこともあり、宮殿内は常に騒がしかった。

忙しそうに動き回る侍女達を一瞥し、私はデザイン画と見本の布を手に取る。

壁際には、試作のドレスとローブが並べられていた。

「参加国へ赴いた際、歓迎パーティーに呼ばれることもあるだろうから、正装は幾つか持って行った方がいいわね。それから、聖女用の衣装を仕立てて……確か教皇聖下から記念品として頂いた、白い杖があったわよね？　衣装のデザインは、それに合わせましょう」

そう言って、デザイナーに指示を出すのは――義母のヴァネッサ皇后陛下だった。

忙しい合間を縫って会いに来てくれた彼女は、嫌な顔一つせず準備を手伝ってくれている。

優柔不断な私と違い、即決即断で物事を進めていくのでとても助かった。

「パーティー用のドレスについては、既に仕立ててあるものを何着か持って行きますわ。なので、問題は聖女用の衣装ですね。記念品にデザインを合わせるのは賛成ですが、具体的にどんなデザインがいいでしょうか？」

ヴァネッサ皇后陛下のおかげでドレスやアクセサリーは山ほどあるため、聖女用の衣装作りに専念することにした。

近くのメイドに別室に保管してある記念品を持ってくるよう指示し、私は一息つく。

間もなくして運び込まれた純白の杖を前に、『ふむ……』と考え込んだ。

「白をベースに仕立てるとして……差し色は青と黄緑がいいでしょうか？　聖女候補の証として支給されたローブも、その色でしたし」

「そうねぇ……青と黄緑は一応、浄化と治癒を表す色みたいだし、取り入れた方がいいと思うわ。でも、それだけだと特別感がなくなってしまうわね」

『聖女候補のローブと全く同じ配色は駄目だ』と主張するヴァネッサ皇后陛下に、私は共感を示す。だって、聖女を特別な存在だと誇示するためには、最低でもあと一色付け加える必要があったから。

「やっぱり、金が妥当かしら？　でも、それだと派手すぎるわね。おまけに教皇聖下の衣装と色が被ってしまうし……」

「白と金は教皇聖下のイメージカラーみたいなものですものね。白は教会の象徴だから、とやかく言われることはないでしょうが……」

教会の派生組織である聖女信仰協議会のトップが白と金の衣装を纏えば、余計な勘ぐりをされかねない……。

人によっては、『聖女は自分が教皇聖下と対等であると主張している！』と捉える可能性も……。

少々話が飛躍し過ぎている気もするが、トラブルの種になるのなら、避けるべきだろう。

自ら火の粉を被りに行く必要はないと、金色を候補から除外する。

『聖女らしい色って、何だろう？』と真剣に考え込む中――コンコンッと扉を叩く音がした。

「――お取り込み中、失礼致します。配色に悩んでおられるなら、銀色は如何でしょうか？」

「情熱の赤も良いと思うぞ」

聞き覚えのある声に釣られるまま、後ろを振り向くと――そこには、案の定テオドールとエドの姿があった。

二人は全開にしてある扉から中へ入り、こちらへやって来る。

「おかえりなさい、エド。それにテオドールも」

「夕方まで掛かると思っていたけど……教会との話し合いが、上手くいったのね」

『せっかく義娘と二人きりで過ごせると思ったのに』と真顔で嘆くヴァネッサ皇后陛下に、エドは肩を竦めた。

慣れた様子で私の隣に腰掛ける彼は、デザイン画にチラッと目を向ける。

でも、こういった話題には不慣れなのかあれこれ口出ししてくることはなかった。

「とりあえず、独占欲丸出しのバカ息子の意見は却下するとして……テオドールの意見は良さそうね。銀色なら、教皇聖下の下だと示すことも出来るし、デザインにも合うわ」

「恐れ入ります」

エドの後ろに立つテオドールは恭しく頭《こうべ》を垂れ、カチャリと眼鏡を押し上げる。

問答無用で意見を撥ね除けられたエドは私の左手に嵌められた結婚指輪を撫で、『赤はダメなのか』と悲しそうに呟いた。

表情こそ無そのものだが、シュンと垂れ下がった尻尾と耳が見える……。

こうして見ると、エドって意外と分かりやすいわよね。

「衣装自体は白と銀で作り上げて、アクセサリーをサファイアとペリドットで統一しましょう。白いドレスに銀の刺繍を施すようにして……あっ、そうだわ。ベールのような軽い素材のマントを肩に掛けるのもいいわね。神聖さが増すわ」

配色が決まったことで一気にデザインが纏まったのか、ヴァネッサ皇后陛下はあれこれ意見を出す。

そのどれもが魅力的だったため、私は『いいですね』と頷くことしか出来なかった。

もういっそ、衣装関連のことはヴァネッサ皇后陛下にお任せした方がいいのでは？　とすら思う。

それは彼女も同じだったようで、突然ソファから立ち上がった。

「聖女用の衣装は、私に任せてもらってもいいかしら？」

「そうして頂けると、私も助かります」

「そう。それじゃあ、奥の部屋をちょっと借りるわね」

『また後でね』と手を振るヴァネッサ皇后陛下に頷き、礼を言う。

『別にいいのよ』と肩を竦める彼女はデザイナーを伴って、この部屋を後にした。

ほぼ丸投げみたいになってしまって、申し訳ないけれど、これで衣装の件は何とかなりそうね。

正装については、今夜マリッサと一緒に選びましょう。

『二、三着持って行けばいいだろう』と結論づける私は、マリッサの淹れた紅茶に手を伸ばす。

茶葉の香りに頬を緩めつつ、一人掛けのソファへ移動したテオドールに目を向けた。

「────ところで、教会との話し合いはどうなったの？　確か聖夜祭当日の私の警護について、話し合ってきたのよね？」

教会の派生組織である聖女信仰協議会はどこまでいっても、教会の持ち物だ。独立した組織ではない。

そのため、聖夜祭当日の警備には教会……もっと言うと、聖騎士団が関わってくる。

とはいえ、私は聖女である前に帝国の皇子妃のため、全ての警備を教会に任せる訳にはいかなかった。

「結論から申し上げますと、聖騎士団とは協力体制を築く形に収まりました。なので、カロリーナ妃殿下の警備は常に聖騎士団と『烈火の不死鳥』団が張り付くことになります」

「あら、それって大丈夫なの？　聖騎士と皇国騎士が同じ空間に居たら、トラブルが起きるんじゃない？」

神に仕える聖騎士団も、国を守護する皇国騎士団も総じてプライドが高い。

自分の仕事に誇りを持っているからこそ、ぶつかりやすい印象があった。

両者の対立を恐れる私に対し、テオドールはニッコリと微笑む。

「ご安心ください。トラブルを起こした騎士については、問答無用で強制送還すると言い聞かせてありますから。聖女の護衛という名誉ある任務から外されたくはないと思うので、聖騎士団もうちも大人しくしていると思いますよ」

「そ、そう……」

言外に脅したと語るテオドールに、私は若干頬を引き攣らせた。

でも、彼の考えは理に適《かな》っていると思うので、反論はしない。

騎士の嫌がることをよく分かってらっしゃると半ば呆れていれば、彼は何かを思い出したようにポンッと手を叩いた。

「あっ、それと聖夜祭の移動についてですが――私の転移魔法で行くことになりました」

「……えっ？」

テオドールの転移魔法で他国へ行くの……？

いや、それは全然構わないけど、大丈夫なの？

護衛も入れたら、転移する人の数が凄いことになるけど……テオドールへの負担が大き過ぎないかしら？

軽く五十人は超えるであろう随行者の数に不安を滲ませていると、テオドールがクスリと笑みを漏らした。

「転移魔法で連れていくのは私も入れて、五人程度ですよ。護衛として参加する聖騎士団や『烈火の不死鳥』団とは、現地で集合する予定です」

「なるほど。先に目的地へ向かってもらうって訳ね。それなら、良かったわ」

ホッと胸を撫で下ろす私は、ソファの背もたれに少し寄り掛かる。

胸に燻る不安の種が一つ消え、肩の力を抜いた。

「じゃあ、護衛の方達はもう現地へ向かっているの？　マルコシアス帝国はさておき、セレスティア王国とノワール王国は少し離れた場所にあるでしょう？　特にセレスティア王国は、一番最初に聖火点火を行う予定だし」

昨日の会議にて決まった内容を思い返し、私はそう問い掛ける。

『マルコシアス帝国の聖火点火は最後なのよね』と考える中、テオドールは眼鏡を押し上げた。

「はい、セレスティア王国に派遣する騎士達は既に現地へ赴いています。ノワール王国に送る騎士達も、近々出発させる予定です」

「そう。道中、何もないといいけど……」

『慣れない土地で色々大変だろう』と心配する私に、テオドールは小さく肩を竦めた。

「きっと、大丈夫ですよ。危険な場所は迂回するよう言っていますし、装備も食料も充分に持たせていますから。何より、彼らは数多の戦を駆け抜けてきた猛者です。移動中のトラブルで手を焼くほど、やわではありません」

『だから、安心してください』と言い、テオドールはゆるりと口角を上げる。

『烈火の不死鳥』団の副団長に太鼓判を押され、私は素直に安心した。

◇◆◇◆

――それから、聖夜祭の準備に明け暮れる日々が暫く続き、気づけば出立前日を迎えていた。

赤く染まる空を窓越しに眺めながら、私はスケジュールの最終確認を終える。

正直、間に合うかどうか怪しかったが……今日は誰も徹夜せずに済みそうだ。

はぁ……エド達が手伝ってくれて、助かった。

だって、やることが多すぎるんだもの。何度、寝不足で倒れそうになったことか……。

でも、無事に終わって本当に良かったわ。

私の都合で発足した組織とはいえ、これから二代目・三代目と後任の聖女が現れる筈だから、こういうことはちゃんとしておきたかった。

初代聖女である私の失態で、次世代の聖女達に肩身の狭い思いをさせるのは嫌だから。

『しっかりしなきゃ』と自分に言い聞かせつつ、私はソファの背もたれに寄り掛かる。

思わず目元を押さえる私の横で、エドは何か甘いものを持ってくるよう、侍女へ命じた。

向かい側に座るテオドールは、テーブルに散らばる資料を片付け始める。

「とりあえず、これで聖夜祭の準備は終わりです。お疲れ様でした、カロリーナ妃殿下」

「ええ、お疲れ様。色々手伝ってくれて、ありがとう」

「リーナのためなら、これくらいお安い御用だ」

「エドワード皇子殿下は騎士団の指揮以外、ほとんど何もしていませんでしたけどね」

格好つけようとした罰なのか、テオドールは痛いところを突く。

すると、エドは『うっ……』と声を漏らし、視線を逸らした。

書類仕事では全くと言っていいほど役に立たなかったため、返答に困っているようだ。

「しょ、書類整理くらいはやったぞ……」

「それくらい、誰だって出来ます」

苦し紛れに主張したエドの意見を、テオドールは情け容赦なく一刀両断する。

エドとテオドールは相変わらず、元気ね。私はもう騒ぐ気力すら残っていないわ。

『さすがは団長と副団長だ』と見当違いな解釈をする中、間食用のチョコレートが運ばれてくる。

一口サイズのそれを手に取り、私はパクリと口に含んだ。

モグモグと咀嚼している間も二人の不毛な言い争いは続き、結局テオドールの圧勝となる。

『俺だって、頑張ったのに……』と落ち込むエドにチョコレートを手渡しながら、苦笑を浮かべた。

「テオドールったら、相変わらず容赦ないわね。たまには、負けてあげればいいのに」

「おやおや……私だって、主君の顔を立てなきゃいけない時はきちんと遠慮しますよ」

淹れたての紅茶に手を伸ばすテオドールは、私の抗議を軽く受け流し、ニッコリと微笑んだ。

胡散臭いの一言に尽きる言動を前に、私は無言で肩を竦める。

『これ以上は藪蛇になるな』と判断し、抗議を諦めると――――不意に扉をノックされた。

『こんな時間に誰だろう?』と首を傾げつつ、私はオーウェンにアイコンタクトを送る。

問題ないと頷く彼にホッとし、私は『どうぞ』と声を掛けた。

すると、扉の向こうからルビー皇城で働く侍女長が姿を現す。

「――カロリーナ妃殿下に、エドワード皇子殿下。並びにテオドール様。突然の訪問、お許しください。エリック皇帝陛下がお呼びです」

「「エリック皇帝陛下《父上》が……?」」

皇帝陛下からの突然の呼び出しに、私達は声を揃えてそう聞き返した。

驚きを隠し切れない私達を前に、侍女長は『はい』と冷静に答える。

どうやら、私達の聞き間違いではなかったらしい。

私達が明日、セレスティア王国へ出立することはエリック皇帝陛下もご存知の筈……それなのに呼び出しを掛けたってことは、何か重要な案件なのかもしれない。

「とりあえず、行ってみましょうか」

「そうだな」

幾分か冷静さを取り戻した私達は互いに頷き合い、ソファから立ち上がる。

護衛騎士としてオーウェンの随行を許し、マリッサには部屋の後片付けを命じた。

そして、案内役の侍女長に連れられるまま、この場を後にする。

「呼び出しって、聖夜祭関連のことかしら?」

「さあな。意外と下らないことかもしれないぞ」

「そう言えば、過去に何度か食事の誘いをするためだけに呼び出されたことがありましたね」

あまり緊張する必要はないとでも言うようにテオドールは過去の話を持ち出し、笑いを誘う。

『エリック皇帝陛下なら、やりかねない』と笑みを零す私達は、やがて皇城の客室に辿り着いた。

「こちらになります。皇帝陛下は既に中でお待ちとのことです。ノックをして、お入りください」

『どうぞ』と促す侍女長は扉の脇に控え、静かに頭を下げた。

無事役目を果たした彼女に礼を言いながら、私とエドは扉へ近づく。

そして、この場で最も身分の高いエドが代表となって扉を三回ノックした。

「第二皇子エドワード・ルビー・マルティネスです。中に入ってもよろしいでしょうか？」

「ああ」

扉の向こうから聞こえてきた声は、確かにエリック皇帝陛下のものだった。

緊張した面持ちで頷き合う私達は『失礼します』と声を掛けてから、部屋の中へと入る。

豪華な家具が立ち並ぶ室内には――――エリック皇帝陛下とヴァネッサ皇后陛下、それからギルバート皇子殿下の姿があった。

えっ……？　ヴァネッサ皇后陛下とギルバート皇子殿下も呼ばれていたの……？

てっきり、呼び出されたのは私達だけかと……皇族全員が揃うなんて、ジョナサン大司教の一件以来ね。

瞠目する私達を前に、エリック皇帝陛下はニッコリ笑い、ヴァネッサ皇后陛下は肩を竦める。

同じく呼び出されたであろうギルバート皇子殿下だけは、私達と同じようにポカンとしていた。

「まあ、とりあえず座ってくれ」

向かって左側の席を勧めてくるエリック皇帝陛下に、私とエドは顔を見合わせる。

でも、立って話を聞く訳にはいかないため、素直に腰を下ろした。

『これは一体何の集まりかしら？』と首を傾げる中、テオドールは私達の後ろにサッと移動する。

護衛騎士のオーウェンは無言で一礼すると、一旦部屋の外へ出ていった。

とりあえず、話を聞く状況は整ったけど……早速本題に入っても大丈夫かしら？

出来れば、さっさと話を切り上げて明日に備えて休みたいのだけど……。

チラリとエリック皇帝陛下に目を向けると、あちらも私を見ていたようで……バッチリ目が合う。

ビックリして肩を震わせる私に、彼は『はははっ！』と陽気な笑い声を上げた。

「そこまで緊張しなくても、大丈夫だ。直ぐに終わるから、少しだけ私の話に付き合ってくれ」

「は、はい！　もちろんですわ！」

穏やかに微笑むエリック皇帝陛下は相変わらず優しくて、ちょっとだけ緊張が解れた。

表情を和らげる私に、彼は満足そうに目を細めると、改めて前を見据える。

その凛々しい横顔は美しく、エドによく似ていた。

「まずは突然の呼び出しに応じてくれたこと、感謝する。聖夜祭の準備などで疲れていると思うが、もうひと踏ん張り頼む。それでは、早速本題へ入ろう。今回、お前達を呼び出したのは――――皇太子の選出について、話があったからだ」

「「!!」」

形のいい唇から紡がれた言葉に、ヴァネッサ皇后陛下を除く全ての人間が目を剝いた。

ついにこの時がやって来たのかと戦々恐々し、唇を強く引き結ぶ。

誰よりも強く皇太子の座を欲していたギルバート皇子殿下は、若干表情を強ばらせていた。

現在、帝国内の貴族達は第一皇子派・第二皇子派・中立派の三つに分かれて、対立している。

アーレント公爵家の失態と過激派の断罪により、第一皇子派の力が弱まってきているけど、ギルバート皇子殿下の頑張りで盛り返している最中だ。

と言うのも、忙しい時間の合間を縫って中立派の貴族を第一皇子派へ引き込んでいるから。

そのおかげで、第二皇子派の勢力が極端に増すことはなかった。

まあ、良くも悪くも力が拮抗している感じね。恐らく、どちらを選んでも混乱が生じると思うわ。

『ギルバート皇子殿下とエド、どちらを選ぶのか』とエリック皇帝陛下に視線が集まる中、彼は一つ息を吐く。

キーンと耳鳴りするほどの静寂に包まれ、私はゴクリと喉を鳴らした。

「皇太子の発表をする前に一つ言っておく。今回はお前達の親としてではなく、この国の王として決断を下す。悪いが、異論や反論は一切受け付けない」

そう前置きするエリック皇帝陛下に、私達は緊張した面持ちで頷いた。

皇太子の……次期皇帝の選出は一個人の感情で決めていいものではない。それはこの場に居る誰もが理解していた。

覚悟を決めた私はピンッと背筋を伸ばし、エリック皇帝陛下の声に耳を傾ける。

「カリスマ性に溢れたギルバートと、誰よりも強いエドワード……様々な観点から、二人の実力を見比べ、私はこう判断した。帝国の新しい主に真に相応しいのは――――」

エリック皇帝陛下はそこで一旦言葉を切ると、僅かに目を細めた。

「――――第一皇子ギルバート・ルビー・マルティネスだと」

皇帝の下した決断に、私達は大きく目を見開き、顔を見合わせる。

そして、数秒ほど固まると……誰からともなく、笑顔になった。

『良かった！』と何度も呟きながら、今ある現実を必死に噛み締める。

――――と、ここで皇太子に選ばれたギルバート皇子殿下はじわりと瞳を潤ませた。

「っ～……！　私が皇太子に……！」

喜びのあまりクシャリと顔を歪めるギルバート皇子殿下は、胸元を強く握り締める。

走って、転んで、立ち上がって……何度も心が折れそうになりながらも、夢を追い続けた彼はやっと皇帝への道を掴み取ったのだ。

まだスタート地点に立ったに過ぎないが、それでも感慨深いものがある。

ギルバート皇子殿下の努力が報われて、本当に良かったわ。

義兄の栄誉を素直に祝福する中、ギルバート皇子殿下はついに泣き出す。

様々な困難に立ち向かい、ようやく自分の道を切り開けたからか、涙を堪え切れなかったらしい。

でも、そんな彼を笑う者は誰一人として居なかった。

感涙するギルバート皇子殿下を横目に、私達は酒や甘味を引っ張り出す。

そして、ささやかではあるものの、祝いの宴を開いた。

久々に皇族全員揃ったということもあり、宴はかなり盛り上がり、結局夜更かしする羽目に……。

物凄く楽しかったが、もう少し自重するべきだったと反省している。

寝不足で欠伸が止まらない私は手で口元を隠しつつ、周囲を見回した。

皇城のホールを丸々貸切ったここには、見送りに来てくれた貴族や官僚の姿がある。

聖女の初仕事とあってか、彼らの期待度は非常に高かった。

珍しい転移魔法を間近で見られるとあって、魔法関係の役人も何人か来てるわね。

残念ながら、ヴァネッサ皇后陛下やギルバート皇子殿下の姿はないみたいだけど……まあ、みんな忙しいだろうし、仕方ないか。

昨日、一緒に過ごせただけでも有り難いと思わなくちゃ。

「転移魔法の準備が整いました。聖女様とエドワード皇子殿下はこちらへどうぞ」

魔法陣の最終チェックを終えたテオドールは、私達を呼び寄せる。

薄手のコートを羽織る私とエドは、従者や護衛を伴ってゆっくりと前へ出た。

魔法陣が描き込まれた紙を取り囲むように並び、テオドールに目を向ける。

「では、隣の方と手を繋いでください。転移が終わるまでは決して離さないよう、お願いします」

恒例となりつつあるテオドールの指示に頷きながら、私はエドとマリッサの手に触れた。

温かい二人の手を離さぬようギュッと強く握り締め、テオドールに視線を戻す。

しっかり手を繋いでいるか、順番に確認していく彼は相変わらず慎重で用心深かった。

「それでは、転移を開始します」

その言葉を皮切りに、テオドールの体内魔力が爆発的に高まった。

彼を中心に緩い風が巻き起こり、コートの裾がふわりと揺れる。

肌に感じる魔力の威圧《プレッシャー》も凄まじく、周囲の人々はゴクリと喉を鳴らした。

誰もが緊張した様子でことの成り行きを見守る中、テオドールとの共鳴により、魔法陣は輝き出す。

大量の魔力を帯びて輝くソレはどんどん光を増していき、やがて直視出来ないほどになった。

「――――転移します！」

その言葉を合図に、私達はより一層強い光に包み込まれ、反射的に目を閉じた。

キーンと耳鳴りがするほどの静けさと目を開けられないほどの光に包まれること一分……強烈な光と静寂がフッと消えた。

代わりに香水のような甘い匂いと人々の喧騒が、私達の五感を刺激する。

「――――聖女カロリーナ・ルビー・マルティネス様、並びにエドワード・ルビー・マルティネス皇子殿下。セレスティア王国へ、ようこそ。我々は君達を歓迎するよ」

聞き覚えのある声に、ビクッと肩を揺らした私は反射的に目を開ける。

すると、そこには――――セレスティア王国の国王ネイサン・フィリップスと、レイモンド・サンチェスをはじめとする臣下の面々が顔を揃えていた。

私達の転移座標がズレる可能性を考慮し、隅に控えていたのか、みんな駆け足でこちらへやって来る。

壁際には、一足早く到着した聖騎士団と『烈火の不死鳥』団の姿もあった。

どうやら、予定通りセレスティア王国の王城に転移出来たみたいね。

本来であれば入国手続きをしっかりやってから、入らないといけないんだけど……ネイサン国王陛下が便宜を図ってくれた。

ステンドグラスやシャンデリアが美しい室内を一瞥し、私は繋いでいた手をパッと離す。

そして、夫であるエドを伴って一歩前へ出た。

「わざわざ出迎えて頂き、ありがとうございます。セレスティア王国の主であるネイサン国王陛下に拝謁出来て、光栄ですわ」

「こちらこそ、聖女様にお会い出来て、光栄だよ。君の初仕事に携われるなんて、夢みたいだ」

そう言って、ウィンクするネイサン国王陛下は悪戯っぽい笑みを浮かべる。

聖女信仰協議会を通して、各国より支援があったからか、心にゆとりを持てているようだ。

少なくとも、国の今後を憂いて意気消沈している様子はない。

どちらかと言うと、以前までのお気楽そうな雰囲気に戻っている。

「短い間ではあるけど、誠心誠意おもてなしさせてもらうよ」

「はい。ありがとうございます、ネイサン国王陛下」

ドレスのスカート部分を摘み上げ、優雅にお辞儀する私は、代表者として最大限の礼儀を尽くす。

聖女信仰協議会の名に泥を塗らぬよう、振る舞う中、不意に父と目が合った。

ネイサン国王陛下の背後に控える彼は、一瞬だけ顔色を曇らせる。そして、気まずそうに視線を逸らした。

もしかして、フローラのことを気にしているのかしら……？

お父様のことだから、『自分がもっと、しっかりしていれば……』と責任を感じていても、おかしくはない……。

私達の親として、思うところはあるでしょうし……でも、思い詰めすぎないかちょっと心配だわ。

真面目で家族想いな父に一抹の不安を覚え、私は複雑な心境に陥る。

『私がちゃんと打ち明けておけば、こんなことにならなかったかもしれない……』と責任を感じる中――ネイサン国王陛下は声を上げる。

「今日はもう休むといい。城の案内は、そうだね――レイモンドに頼もうか」

そんなの侍従に頼めばいいのに、ネイサン国王陛下はわざわざ父を指名した。

きっと、私達に気を遣ってくれたのだろう。

数週間前に会ったばかりとはいえ、またいつ会えるか分からないから……。

「レイモンド、頼めるね？」

「……はい」

ネイサン国王陛下の言葉に、父は一瞬躊躇したものの、首を縦に振った。

表情は硬いままだが、ここで陛下の要求を突っぱねる訳にはいかないと思ったのだろう。

『こちらです』と促す父の声に一つ頷き、私達は謁見の間を後にした。

見覚えのある壁紙や調度品を眺めながら、父と共に廊下を突き進む。

いつもより遠く感じる父の背中に、私は寂しさを覚えた。

「あの……フローラお姉様の様子は、どうですか？」

沈黙に耐え切れず、私はおずおずと質問を投げ掛ける。

ちょっと、話題の選択を間違えた気もするが……頭にこれしか思い浮かばなかったのだ。

『フローラの様子が気になるのは事実だし……』と心の中で弁解する中、父はこちらを振り返る。

「部屋に籠りきりだ。謹慎を言い渡したせいもあるだろうが、全く顔を合わせていない。一応、何度か声を掛けたり、置き手紙を書いたりしたが……効果なしだ」

「そうですか」

思ったより、大人しいわね。素直に謹慎を受け入れるとは、思わなかったわ。

フローラのことだから、父を丸め込んだり、周囲を巻き込んだりするかと思ったけど……私の予想に反して、きちんと反省しているのかも。

まあ、まだ油断は出来ないけど……。

『嵐の前の静けさみたいに感じるのは何故かしらね』と思案しつつ、私は内心肩を竦める。

フローラの心境を探る私の前で、父はそっと目を伏せた。

「本来であれば、無理やりにでも部屋へ押し入って話をするべきなんだろうが……今は敢えて、放置している。お互い、冷静になるための時間が必要だと思ったんだ。フローラの再教育を命じられたのに、ほとんど手付かずですまない……」

「い、いえ……！　お気になさらず！　今すぐ、どうこう出来る問題だとは思っていませんので！」

胸の前でブンブンと両手を振る私は、『どうか、気に病まないでください』と繰り返した。

「何より、お父様は仕事でお忙しいでしょうし……！」

「――――いや、仕事を言い訳には使いたくない。それをしてしまったら、前と同じままだ」

『同じ轍は踏みたくない』と言い、父はグッと手を握り締める。

フローラを変えるためにまず自分が変わろうとする姿は、尊敬出来るものだった。

もう迷いは捨てたのか、視線を逸らすことなく、真っ直ぐに目を見てくれた。

『お父様らしい、やり方だ』と好ましく思っていると、父は一度立ち止まって、こちらを振り返る。

「今は無理でも、必ずフローラを改心させる。だから、少しだけ待っていて欲しい」

エメラルドの瞳に確かな意志と覚悟を宿す父は、深々と頭を下げる。

誠実で頼もしい彼の態度に、私は胸を打たれ、コクリと頷いた。

「分かりました。いつまでも待ってます。でも、無理だけはしないでくださいね」

「ああ、ありがとう」

お礼を言う父は穏やかに微笑むと、再び歩き出した。

先程より身近に感じる父の背中を前に、私はスッと目を細める。

手を伸ばせば届く距離にある……ただそれだけなのに、とても嬉しかった。

歓喜と安堵の狭間に揺られ、頬を緩める中、私達は客室に辿り着く。

少々名残惜しいものの、引き止めるのも悪いので、父とは早々に別れた。

《エドワードside》

用意された客室へ入り、荷解きを終えると、俺達は一息ついた。

『今日はもう疲れただろうから』と侍従を下がらせ、リーナと二人きりになる。

久々に得た夫婦水入らずの時間に、俺は心躍らせるものの――――彼女は刺繡を始めてしまった。

窓際の椅子に腰掛け、黙々とハンカチを縫う姿は真剣そのものである。

とてもじゃないが、声を掛けられない……。

一応、『急ぎのもの』と説明も受けているし、気長に待つしかないな。

『ちょっと寂しいけど、仕方ない』と早々に割り切り、俺は様子を見守る。

手持ち無沙汰で暇ではあるが、好きな女の姿はどれだけ見ても飽きない。一生、見ていられる自信がある。

『やはり、俺の妻が一番綺麗だ』と確信する中、リーナは横髪を耳に掛けた。

恐らく、作業の邪魔だったのだろう。きっと、深い意味はない……。

でも――――何故だか、妙に色っぽく感じた。

「っ……！」

声にならない声を上げる俺は、今すぐリーナを組み敷きたい衝動に駆られる。

でも、現在進行形で針を使っているため、危ないと判断した。

何より、今リーナを押し倒したら……我慢出来る自信がない。獣のように襲ってしまう可能性がある。

なので、何とか理性を保った。

ふぅ……一旦、ここを離れるか。

また色っぽい仕草でもされたら、今度こそ理性を失ってしまうかもしれないし……。

己の忍耐力を大して信用していない俺は、『頭を冷やす必要があるな』と判断する。

「リーナ、すまない。少しの間、テオのところへ行ってきてもいいか？」

客室のソファから立ち上がった俺は、リーナの元へ行き、きちんとお伺いを立てる。

目線を合わせるように少し屈むと、彼女との距離がグッと縮まった。

「ええ、もちろん。テオドールによろしく伝えておいてくれる？」

「ああ、分かった」

嫌な顔一つせず快諾してくれた彼女に、俺は『ありがとう』と礼を言う。

『大袈裟よ』と笑うリーナに癒されながら、俺は身を起こした。

手を振って見送ってくれる彼女に一つ頷き、俺は部屋を出る。

せっかくの夫婦水入らずを棒に振ったようで悔しいが、理性を失った獣に成り下がるより、マシだった。

はぁ……とりあえず、テオのところへ行くか。

じゃないと、リーナに嘘をついたことになるし……それは信用問題に関わる。

何より、リーナに嘘つきだと思われるのは耐えられない。

『最悪、嫌われるかもしれないし……』と怯えつつ、隣の部屋へ足を運ぶ。

俺はリーナに嫌われたくない一心で、部屋の扉を叩いた。

――――と同時に扉を開き、中へ入る。

絶対に追い返される訳にはいかないため、強硬手段へ出たのだ。

「テオ、入っ……たぞ」

「どうして、事後報告なんですか」

『はぁ……』と呆れたように溜め息を零すテオは、小さく頭《かぶり》を振る。

湯浴みを済ませたばかりなのか、彼の髪はまだ濡れていて、水滴がポタポタ垂れていた。

咄嗟に羽織ったと思われる白のシャツは、ボタンが一つも留まっておらず、形のいい筋肉を隠し切れていない。

「せめて、こちらの返事を聞いてから入ってきてください」

「何がなんでも、テオに会わないといけなかったんだ」

「はい？　一体、どういうことですか？」

怪訝そうに眉を顰めるテオは、『まさか、入国早々やらかしたのか……？』と警戒する。

湿気と体温のせいで曇った眼鏡を拭くと、一先ずソファに座るよう促してきた。

言われるがまま腰を下ろすと、テオも向かい側のソファに腰掛ける。

「で、何があったんですか？」

綺麗になった眼鏡を掛け直し、テオは直球で質問を投げかけてきた。

おもむろに両手を組む彼の前で、俺はほんの少しだけ表情を強ばらせる。

意図せず重々しい空気を放つ俺は、躊躇いがちに口を開いた。

「実はさっき――――リーナを襲いかけた」

「はっ……？」

鳩が豆鉄砲を食ったような顔で固まるテオは、まじまじと俺の顔を見つめる。

『何言っているんだ？　こいつ』と言わんばかりの眼差しを前に、俺は切々と自分の気持ちを語った。

「何気ない仕草に自分でも驚くほど、欲情してしまって……本当に危なかった。リーナが魅力的な女性であることは分かっていたが、ここまで理性を保てないとは……我ながら、情けない」

「……」

「これからは、もっと忍耐力を鍛えないとな。万が一にも、リーナを襲わないように……」

「いや、夫婦なんですから襲っても問題ないでしょう……むしろ、襲ってくださいよ。いつまで、初夜を延期するつもりですか？」

思わずといった様子で反論を口にするテオは、やれやれと肩を竦める。

『深刻な顔して、何を言い出すのかと思えば……』と呆れながら、独り言のように文句を零した。

愚痴とも説教とも捉えられる言葉の数々を前に、俺は少しだけ腹を立てる。

『こっちは至って、真剣なのに』と不服を抱く中、俺はある事実に気がついた。

「ちょ、ちょっと待て！　何でお前が――――俺達の初夜の事情を知っているんだ!?　まだ手を出していないことは、誰にも言ってないのに……！」

『まさか、監視でもしていたのか!?』と叫ぶ俺に対し、テオは深い溜め息を零す。

そして、おもむろに天井を仰ぐと、乱暴に前髪を掻き上げた。

「監視なんてしませんよ。ただ、お二人の距離感と妃殿下の体調から推察しただけです。そういうことをした次の日は大抵、女性が体調を崩しますから。少なくとも、寝不足にはなるでしょう。それなのに、妃殿下にはそういう傾向が見られませんでした。だから、『まだ手を出していないのだろう』と判断したんです」

明確な根拠を並べるテオに、オレは少しだけ感心してしまう。

日常生活の様子を見ただけでよく分かるな、と。

でも、夫婦間の出来事を暴かれるのはちょっと……いや、かなり不快だった。

「テオの観察眼は素晴らしいが、プライベートにまで口を挟まないでくれ。これは俺とリーナの問題だ。お前には関係ない」

余計なお世話だと突っ撥ねる俺に対し、テオは小さく息を吐いた。

かと思えば、視線を前に戻し、真っ直ぐにこちらを見据える。

「いや、先に相談を持ち掛けてきたのは貴方でしょう。大体――――妃殿下の気持ちは、どうなんですか？　きちんと聞いてます？　あの方は繊細ですから、言わないだけで色々気にしているかもしれませんよ」

「なっ……!?」

「いつまで、カロリーナ妃殿下の優しさに甘えるおつもりですか？　そんなヘタレだと、そのうち見限られてしまいますよ」

丁寧な口調とは裏腹に、ザックザクと俺の心を切り刻んでいくテオはニッコリと笑う。

そして、追い討ちを掛けるように『見捨てられないといいですね』と不吉な言葉まで添えてきた。

正論なだけに何も言い返せない俺は、ガクリと肩を落とす。

『さようなら』と言い残して去っていくリーナの姿を想像し、戦慄した。

「……俺は捨てられるのか？」

「かもしれませんね。あぁ、でも離婚されることはないと思いますよ？　お二人は一応、政略結婚ですから。でも、心の距離はどんどん離れていくでしょうね」

「うっ……！　そ、それは嫌だ……」

クッと眉間に皺を寄せる俺は、荒れ狂う感情を宥めるように強く拳を握り締める。

『やっと心が通じ合ったのに……』と嘆く俺に、テオは小さく肩を竦める。

「ならば、もう少し房事のことについて考えてみてください。今すぐ襲えとまでは言いませんが、貴方は少し奥手過ぎます」

「うぐっ……！」

「大体、何故カロリーナ妃殿下に手を出そうとしないのですか？」

素朴な疑問を投げ掛けてくる幼馴染みを前に、俺は思わず身動きを止めた。

そして、気まずそうに視線を逸らすと、テオは何も言わずにニッコリと微笑む。

笑顔で圧を掛けてくる彼に、俺はダラダラと冷や汗を流した。

――――俺の勘が告げている。

さっさと本当のことを話さないと、後でネチネチ文句を言われるぞ、と……。

「……テオ、笑わずに聞いてくれ」

「はい」

「俺が初夜に踏み込まない理由は――――リーナを優しく抱ける自信がないからだ」

「……はい？」

ピキッと笑顔の仮面にヒビを入れるテオは、冷めた目でこちらを見つめた。

『馬鹿か？　お前は』と言わんばかりの眼差しに、俺は身を竦める。

「はぁ……やっぱり、ただのヘタレですね。そんな理由で、初夜を先延ばしにされているカロリーナ妃殿下が可哀想です」

「ぐっ……！」

「そもそも、女性の初めては大抵痛みを伴うものです。それはカロリーナ妃殿下だって、分かっているると思います。なので、さっさと初夜を済ませてください。早くしないと、本当にカロリーナ妃殿下の心が離れていってしまいますよ」

『そろそろ危機感を抱け』と警告するテオは、真剣な面持ちでこちらを見据えた。

本当に俺達のことを心配しているからこそ、厳しいことを言っているのだろう。

損な役回りが好きな幼馴染みを前に、俺は一つ息を吐いた。

優しくしたい……その気持ちに偽りはない。

でも――リーナの心が離れていくのは嫌だ。見限られたくない……。ずっと俺を愛して欲しい。俺の隣が、自分の居場所だと思って欲しい。俺にリーナの全てを守らせて欲しい。だから――。

「――分かった。初夜について、積極的に考えてみる」

ようやく腹を括った俺は、レンズ越しに見えるペリドットの瞳を真っ直ぐに見据えた。

満足そうに頷くテオを前に、俺は早速あれこれと考える。

と言っても、今すぐどうこうなるつもりはないが……。

リーナは今、聖夜祭のことで手一杯だからな。

せめて、聖女の役目を終えてからじゃないと……仕事に支障でも出たら、大変だ。

って、俺は別にリーナに無理をさせるつもりはないぞ……!? ただ、初めてだから最悪の事態を想定しているだけで……!

――と、心の中で言い訳を重ねる俺は羞恥心に苛まれる。

僅かに頬を上気させ、忙しなく視線をさまよわせる俺の前で、テオはクスリと笑みを漏らした。

「やっぱり、エドワード皇子殿下はただのヘタレですね」

そう言って、テオは眼鏡を押し上げる。

俺の反応を楽しむ彼は愉快げに目を細めると、シャツのボタンに手を掛けた。

◇◆◇◆

マリッサとオーウェンに渡すプレゼントを準備している間に、着々と時間は経過し――――聖夜祭当日を迎えた。

マリッサの手を借りて、聖女用の衣装に着替える私は溢れ出そうになる欠伸を何とか嚙み殺す。

作業に没頭しちゃって、結局あんまり眠れなかったわね。

でも、帝国の聖夜祭までに完成させたいから、頑張ろう。

もちろん、最優先すべきは聖女の役目である聖火点火だけど。

『ふぅ……』と息を吐き出して、気持ちを落ち着かせる私はドレッサーの前に座った。

メイク道具片手に私の後ろへ回るマリッサは手際よく仕事をこなしていく。

寝不足の証拠とも言える隈は綺麗に隠され、頰はピンク色に彩られた。

今回は派手さよりも清らかさが重要になるため、普段と比べて控えめなメイクだった。

それでも、仕上がりは完璧だが……。

「やっぱり、マリッサのメイク技術は素晴らしいわね」

「恐れ入ります」

メイク道具を片付けながら、小さく頭を下げるマリッサはほんの少しだけ……本当に少しだけ頰を緩めた。

以前より確実に近くなった彼女との距離感に喜びを感じながら、私は僅かに目を細める。

朝から機嫌のいい私は聖夜祭の流れを確認しつつ、マリッサに髪を結い上げてもらった。

今日は聖火点火で火を使うため、お団子である。髪飾りには最高級のブルーサファイアを使用した。ピアスとネックレスにはペリドットが使われており、浄化と治癒のイメージカラーをきちんと服装に取り入れている。

「あとはこちらをお召しになれば、完璧です」

そう言って、マリッサはレース生地で作られた軽いマントをバサッと広げた。

ウェディングベールのように綺麗なマントに目を引かれる私は、スクッと椅子から立ち上がる。

そして、紙のように軽いそれを上から羽織り、クルンッと回った。

ヒラリと揺れるマントの裾に目を細める私は、『なんだか、結婚式の花嫁みたいね』と笑う。

「お綺麗です、カロリーナ妃殿下」

「ありがとう、マリッサ。貴方の腕が良いおかげよ」

素直に感謝の気持ちを伝える私は、ふわりと柔らかい笑みを浮かべた。

『いえ、そんなことは……』と謙遜するマリッサは、テーブルの上に置かれた純白の杖をこちらへ差し出す。

教皇聖下から贈られた記念品を受け取り、私は一つ息を吐いた。

これで準備完了ね。衣装に着替えたせいか、もうすぐ本番だって実感がようやく湧いてきたわ……物凄く緊張してきた。

ちゃんと聖女らしく、振る舞えるかしら？

グッと杖を握り締める私は本番直前になって、怖気付きそうになる自分に苦笑する。

『出来る・出来ないじゃなくて、やるのよ』と自分に言い聞かせ、気を引き締めた。

――と、ここでコンコンコンッと部屋の扉を三回ノックされる。

「――リーナ、中に入ってもいいか？　支度の途中なら、出直すが……」

扉の向こうから聞こえる愛しい人の声に、私はトクンッと胸を鳴らした。

『どうぞ』と入室を許可すると、エドはテオドールやオーウェンを引き連れて、中へ入る。

銀のプレートに身を包む彼らは今までも何度か見たことがあるが、今日は妙に格好よく見えた。

なんか、今日はいつもよりビシッと決まっているわね。気合いの入り方が違うせいかしら？

熟睡して疲れが取れたテオドールは見るからに元気いっぱいだし、オーウェンもいつもよりヘアセットに手を掛けている。

エドは一見いつも通りに見えるけど、マントを新調しているわ。

「おはよう、リーナ。その……凄く綺麗だ。よく似合っているぞ」

目の前で立ち止まったエドは、聖女の衣装を身に纏う私を見て、ほんのり赤くなる。

――が、隣に立つテオドールに肘で突っつかれて、直ぐに顔色を戻した。

オホンッと、わざとらしく咳払いするエドの横で、テオドールはニッコリと微笑む。

「ええ、本当によくお似合いです。ヴァネッサ皇后陛下に任せて、正解でしたね」

エドと同様に『素晴らしい』と褒めてくれるテオドールに、私は頬を緩めた。

照れ臭い気持ちでいっぱいになりながら、『ありがとう』と小さな声で礼を言う。

「それで、聖夜祭の準備はどう？　順調にいっている？」

「はい、順調です。聖火台の設置も終わりましたし、馬車の手配も済んでいます」

「あとは俺達が王都の広場へ向かうだけだ」

計画通り事は進んでいると説明され、私は『良かった』と微笑んだ。

失敗は許されないというプレッシャーを抱えながら、私はふと窓の外へ目を向ける。

聖夜祭当日とあってか、街はかなり賑わっており、遠目からでも民達の喜びや興奮が伝わってきた。

道路の整備もちゃんとされているわね。

これなら、パレードも上手くいきそうだわ。

今年の聖夜祭では、聖女信仰協議会の存在を民へ広めるためにパレードを行う予定だ。広場へ移動するついでにちょっと王都を回るだけなので、時間も距離も大したことはないが……。

「もうそろそろ、時間だな――――行こう、リーナ」

昼の一時をさす掛け時計を一瞥し、エドはこちらへ手を差し伸べた。

純白の杖を片手で持ち直した私は、ゴツゴツとした大きな手に自身の手を重ねる。

肌で感じるエドの体温に目を細めながら、私はゆっくりと歩き出した。

――――さあ、聖女としての初仕事を始めましょうか。

気合い充分の私は、エドのエスコートで王城を後にする。

そして、パレード用の馬車へ乗り込むと、『烈火の不死鳥』団と聖騎士団を従えて街へ下りた。

出来るだけ多くの人の目に留まるようにとゆっくり進む馬車は、テオドールの魔法でしっかり保護されている。

また、飛び出し防止措置として騎士達が道の両脇に立ち、民を抑えてくれた。

馬車の小窓から顔を出す私は、パレードを見に来てくれた民達に笑顔で手を振る。

それだけで民達の気分は高揚し、夢中で手を振り返してくれた。

「カロリーナ様の人気は凄まじいですね。昨夜の魔物の被害が0だったおかげか、神聖力の持ち主だということも信じてくれているようですし」

反対側の小窓から外の景色を眺めるテオドールは、感心したようにそう呟く。

予測や推考に長けた彼ですら、これ程までの反響は想定外だったようで、僅かに目を見開いていた。

セレスティア王国は魔物の襲撃に頭を悩ませていたから、興奮するのも無理はないわ。

まあ、私に『魔物を退けている』という意識はないから、ここまで感謝されると申し訳ない気もするけど……魔物の出現率を上げてしまったのもある意味、私のせいだし。

なんとも言えない気持ちでいっぱいになる私は、罪悪感を募らせながらも民達の歓声に応える。

活気に満ちた王都は民の笑顔で溢れ、より輝いて見えた。

――――と、ここで人混みの中から白銀色の長髪を見つける。

あら？　あれは、お父様かしら？

でも、ネイサン国王陛下の付き添いとして、聖火点火の際は主賓席に居る筈じゃ……？

じゃあ、私の見間違い……？　もしくは、別人とか……。

パチパチと瞬きを繰り返す私は、『一瞬しか見えなかったし、気のせいかも……』と思い直した。

『気にしないでおこう』と自分に言い聞かせる中、民達に手を振り続ける。

――――そして、パレードはあっという間に終わり、私達を乗せた馬車は中央広場の前で止まった。

あら、凄い人集りね。広場が人で埋まりそうだわ。

密集と呼ぶべき人口密度の高さに、私は思わず『まあ……』と呟いた。

唖然とする私を他所に、御者は手早く馬車の扉を開ける。

聖女の登場を心待ちにする民達は、食い入るようにこちらを見つめた。

期待する彼らを前に、まず安全確認としてエドとテオドールが馬車から降りる。

「リーナ、手を」

「ええ、ありがとう」

差し出された大きな手に自身の手を重ねる私は、緊張で強ばる体に鞭を打つ。

肌越しに伝わってくるエドの体温に少しだけ安心しながら、表情を引き締めた。

初代聖女として、恥じない働きを心掛けるのよ。失敗は絶対に許されないわ。

そう自分に言い聞かせ、民達の期待に応えるように馬車から降り立つ。

その瞬間――――周囲から大きな歓声が上がり、あちこちから手を振られた。

大興奮する民達を目の当たりにし、『私はこんなにも多くの人々に歓迎されているのか』と嬉しくなる。

少しだけ自分に自信が持てるようになった私は、嫣然《えんぜん》と顔を上げた。

緩みそうになる頬を必死に引き締める中、皇国騎士のコレットがそそくさとこちらへやって来る。

「エドワード団長、こちらをどうぞ」

仰々しい態度で、その場に跪くコレットは何か棒のようなものをこちらへ差し出した。

木製で作られたソレは蕾のように先の方が、少し広がっている。

コレットから棒を受け取ったエドは、広がっている方を上にし――――魔法で火をつけた。

ボォッと勢いよく燃えるソレは、松明《たいまつ》と呼ばれるものだった。

今回はこの松明を使って、聖火点火を行うことになっている。

別に普通の炎でも良かったのだけど、『せっかく、火炎魔法の使い手が居るのだから』とパフォーマンスの一環でこうなった。

それに魔法の炎なら、万が一のことがあっても簡単に消火出来るので、安全だった。

まあ、術者であるエドがちゃんと炎をコントロール出来ればの話だけど。

怖い顔で松明と睨めっこするエドは炎の勢いを一生懸命、調節している。

コントロールに苦戦する彼を前に、私は『頑張って、エド!』と心の中で応援するのだった。

そして、五分ほどかけてようやく炎の調節を終えたエドは細心の注意を払って、私に松明を差し出す。

「落とさないように気をつけろ」

「ええ、ありがとう」

純白の杖を一旦コレットに預けてから、私は松明を受け取った。

ハラハラした様子でこちらを見つめるエドは、手が出そうになるのを必死に堪える。

顔にこそ出さないが、私のことが心配で堪らないらしい。

エドは私のことになると、本当に落ち着きがないわね。

さすがの私でも、松明を落としたりしないわよ。

溢れ出そうになる溜め息を押し殺し、私は小さく肩を竦めた。

両手でしっかりと松明を持ち、聖火台へと足を向ける。

「エド、そこで私の頑張りを見守っていてね」

「ああ、もちろんだ」

当たり前だと言わんばかりに頷くエドの姿に目を細め、私はゆっくりと歩き出した。

緊張で震える手足を何とか動かし、堂々とした態度で歩みを進める。

周囲の視線を独り占めする私は、レース生地のマントを風に靡かせ、聖火台の前で足を止めた。

卵のような形をするソレは、オブジェのように凝った作りをしている。

魔法の炎を使うからか、薪は一切用意されていなかった。

この中に松明を放り込めばいいのね。

事前に聖火台の形状を知らされていたとはいえ、実物を目の当たりにするのは初めてだから、緊張するわ。

『ふぅ……』と息を吐く私は聖火台に一礼し、一歩前へ出た。

誰もが固唾を呑んで見守る中、私は少し身を屈めて、松明を聖火台の中へ放り込む。

そして、バッと勢いよく後ろを振り返り、両手を広げた。

「聖女カロリーナが、聖夜祭の開幕を正式に宣言します！　セレスティア王国の国民一人一人に神の祝福があらんことを！」

声を張り上げてそう叫べば――――ボォッと背後から、火柱が上がった。

聖火台から巻き上がるその炎は、周囲に火花を巻き散らしつつも、人間を害すことは絶対にない。

美しい紅蓮の炎を前に、観衆は『おお!!』と目を輝かせた。

興奮したように手を叩く彼らは、大人・子供問わず楽しそうだ。

聖夜祭を盛り上げるためのパフォーマンスとして、エドにやってもらったけど、結果は大成功ね。

まあ、当の本人は物凄い形相で火柱を睨みつけているけれど……やっぱり、コントロールはまだ苦手みたい。

クスリと笑みを漏らす私は、エドの心労を減らすため、聖火台からそっと離れた。

私を害する心配がなくなったからか、エドはホッとしたように胸を撫で下ろす。

僅かに表情を和らげる彼の前で、私はゆっくりと歩き出した。

が――――民達の声を聞き、思わず立ち止まる。

「聖女様のおかげで、昨日は魔物に襲われませんでした！　ありがとうございます！」

「聖女様、良かったらこれを食べてください！　うちの店の人気商品なんです！」

「聖女様、今度は仕事じゃなくてプライベートで遊びに来てくださいね！　私達はいつでも大歓迎ですから！」

「聖女様と出会えて、本当に幸せです！　今日のことは絶対に忘れません！」

感激した様子でそれぞれ感謝や歓迎の言葉を並べる民達に、私は少しだけ泣きたくなった。

サンチェス公爵家唯一の出来損ないと言われた自分が、こんなにも多くの人々に認められているのかと思うと、嬉しくて堪らないから。

幸せを噛み締める私は、民達の声につられるまま後ろを振り返った。

視界いっぱいに広がる民の笑顔に、この上ない喜びを感じる。

嗚呼――――聖女になって、本当に良かった。

《フローラside》

――――時は少し遡り、聖夜祭当日の早朝。

私は日の出と共に目を覚まし、黒いローブに身を包んだ。

しっかりとフードを被り、目立ちやすい髪や顔を隠す。

そして、廊下に出ると、見張りの者に賄賂を渡し、サンチェス公爵家の屋敷から抜け出した。

目的はもちろん――――カロリーナの殺害である。

お父様は王城から、聖火点火の現場に直行するだろうから、脱走に気づくのは早くても夕方頃になる筈……それだけ時間に余裕があれば、問題なく復讐を遂行出来るわ。

ニヤリと口元を歪めて笑う私は、息が詰まるほどの悪意に支配される。

『今日で全て終わらせる』と決意を固め、王都の広場へ向かった。

途中で武器となる拳銃を購入し、懐に忍ばせる私は人混みの中をスイスイと進んでいく。

――――と、ここで強風が吹き、フードを剥ぎ取られてしまった。

『あっ……！』と声を漏らす私は、慌ててフードを被り直す。

『誰も見てないわよね……？』と周囲を警戒する中、突然歓声が巻き起こった。

『何だ、何だ？』と困惑しながら、視線を上げると、そこには豪華な馬車があった。

何となく見覚えのあるデザインに興味が湧き、私は目を凝らす。

ん……？　あれって、まさか――――カロリーナ？

遠目ながらも灰髪を確認した私は、とてつもない既視感を覚える。

と同時に、『そういえば、聖火点火の前にパレードをやるって言っていたわね』と思い出した。

周囲が騒がしかったのは、聖女様を間近で見たからか……。

はぁ……全く、気に食わないわね。『聖女様！』と祭り上げる民衆も、羨望の眼差しを一身に受けているカロリーナも、何もかも全部……。

ギリッと奥歯を噛み締める私は、言い表せぬほどの激情に駆られる。

でも、今ここで問題を起こす訳にはいかないため、グッと堪えた。

今に見てなさい……そうやって、笑っていられるのも今のうちよ。

これを最初で最後の晴れ舞台にしてあげるわ。

懐に入れた拳銃にそっと触れる私は、『あと少しの辛抱よ』と自分に言い聞かせ、身を翻した。

人混みを掻き分けて広場に辿り着くと、聖火台の前を陣取る。

間もなくしてパレードが終わり、カロリーナ率いる聖女信仰協議会の者達は聖火点火を行った。

凄まじい勢いで天に昇る炎の柱を前に、私は懐に手を入れる。

聖火点火のパフォーマンスに興奮する民衆とは違い、私はとんでもない緊張感に包まれていた。

聖女の役目を完遂して、カロリーナも騎士達も気が抜けている筈……撃つなら――――今しかないわ。

ようやく巡ってきた絶好のチャンスに、私はゴクリと喉を鳴らす。

『至近距離からの発砲であれば、外す心配もない』と勝利を確信する中、私は拳銃の引き金に手を掛ける。

あとはローブの中から拳銃を取り出して、カロリーナ目掛けて発砲するだけ……。

覚悟さえあれば、幼児でも出来そうな単純作業である。

それなのに——私はローブの中から、拳銃を取り出せなかった……石のように固まり、ピクリとも動けない。

何で……？　私はここ数週間、この時だけを待ち望んでいたのに……もしかして——直前になって、怖気付いた？

憎き相手とはいえ、殺せないって……殺害に抵抗感を持ってしまったの？

私って、いつから臆病者になったのかしら……？

呆然と立ち尽くす私は、ただただカロリーナを見つめる。

誇らしげに胸を張り、民衆の声援に応える彼女は幸せそうだった。

どことなく既視感を覚える彼女の様子に、私は感情を掻き乱される。

愛憎とも言うべき複雑な心境に陥り、私はハッと息を呑んだ。

嗚呼、そっか……私は殺せないんじゃなくて、殺したくないんだ。

カロリーナの笑顔が——泣きたくなるほど、お母様にそっくりだから……。

『こんなの憎めない……』と苦笑しつつ、私はもう逃げられないことを悟る。

だって、妹を憎めなくなった以上、現実から目を背けることは出来ないから……。

『最後の最後で現実を突きつけられるなんて……』と自嘲しながら、私は誤魔化し切れなかった真実を受け止めた。

お母様の葬式の時、私は一人じゃ抱え切れないほどの悲しみを抱えていた。

でも、泣くことも弱音を吐くことも出来なくて……感情を持て余した。

その結果――――私は悲しみを怒りに変えることで、平静を保った。

『カロリーナが全部悪い』ということにすれば、憎む対象を得られるから。

要するに私は感情の捌け口として、妹を利用したのだ。

我ながら、最低な姉だと思う。

でも、そうしなければ、私はとっくに壊れていた……。

『ある種の自己防衛だった』と分析し、私は自分自身すら騙していた事実を振り返る。

『本当に無様で情けないわね……』と自虐する私は、心の弱さを痛感した。

と同時に、カロリーナにしてきた仕打ちを思い出し、自己嫌悪に陥る。

数え切れないほどの罪を抱え、震える私は自責の念に駆られた。

果たして、私に――――生きている価値はあるのかしら？

だって、実の妹を殺そうとしたのよ……？　未遂とはいえ、許されることじゃないでしょう？

これまでの行いだけでも充分、罪になり得るのに……。

「私みたいな人間は、死ぬべきよ……」

強い罪悪感を孕んだ独り言は、周囲の歓声に掻き消されて、誰の耳に入ることもなかった。

いつの間にか騎士達の元へ行ってしまったカロリーナを見つめ、私は手に持った拳銃を握り締める。

『ちょうど、殺傷能力の高い武器が手元にあるし……』と考え、私は踵を返した。

人混みに紛れて広場を立ち去る中、ふと主賓席に座る父と目が合った……ような気がする。

直ぐに周囲の人々に姿を遮られたので、確信は持てないが……。

……気のせいだと思うことにしましょう。

仮に目が合っていたとしても、私をフローラだと認識することは不可能でしょうから。

それなら、見ていないのと同じだわ。

グッと強くフードを引っ張る私は、足早にこの場を後にする。

そして、人気のない路地裏まで駆け込むと、懐から拳銃を取り出した。

良かった……今回はちゃんと体を動かせる。

死の恐怖より罪悪感が勝っているせいか、私は大して苦戦することなく、銃口を頭に押し当てた。

鉄のひんやりとした感触を味わう私は、何故だか少しホッとしてしまう。

これで全て終わるのかと思うと、気持ちが楽になるから……。

「たくさん酷いことをして、ごめんなさい、カロリーナ。それにお父様も……一足早く、お母様の元へ逝くことをお許しください」

まるで懺悔のように謝罪を口にする私は、そっと目を閉じた。

解放感にも似た感覚を覚えながら、私は引き金に指を掛ける。

――――と、ここで誰かの足音を耳にした。

「――――そこで何をしている!? フローラ! 今すぐ、拳銃を下ろしなさい!」

聞き覚えのある声が鼓膜を揺らし、私は一瞬気を取られてしまった。

その隙を狙って、声の主は拳銃を叩き落とす。

カランという落下音を聞き、私は慌てて目を開けるものの……時すでに遅しだった。

「――――お、お父様……どうして、ここに……」

「それは、こっちのセリフだ! 何故、謹慎中のお前がここに居る!? 見張りはどうした!?」

目の前に立つ父は珍しく感情を露わにし、これでもかというほど怒り狂っている。

でも、言いつけを破った私に失望しているとか、嫌悪しているとかじゃなくて……単純に心配してくれているようだった。

父の新しい一面に、戸惑いを隠し切れない私は柄にもなく、狼狽える。

いつもなら、笑顔でツラツラと嘘を並べているのに……。

「いや、この際脱走のことなど、どうでもいい! ここで何をしようとしていたのか、答えなさい!」

語気を強めてそう問い掛ける父に、私は逆らえず……素直に答える。

「わ、私みたいな人間は居ない方がいいと思って……それにカロリーナへの仕打ちを考えると、死んで償うのが当然だと思うし……」

敬語も忘れて本心を打ち明けると、父は驚いたように目を見開いた。

「償う、だと……？　カロリーナへの仕打ちが不当だった、と認めるのか……？」

心境の変化を知らない父は、衝撃のあまりたじろぐ。

戸惑いを隠し切れない彼の前で、私はそっと目を伏せた。

「はい……信じてもらえないかもしれませんが、これまでの行いは全て八つ当たりだったと自覚しています」

「そうか……分かった。その言葉を信じよう。だが――――」

そこで一度言葉を切った父は、一歩前へ踏み出す。

「――――死ぬことは許さん。生きて、罪を償いなさい」

私の両肩をガシッと掴み、諭すような口調で言い聞かせる父は、真剣そのものだった。

凛とした光を宿すエメラルドの瞳に射抜かれ、私は思わず後ろへ下がる。

でも、ここは狭い路地裏なので直ぐに行き止まりとなり……冷たい壁を背に仰け反ることしか出来なかった。

「生きるなんて、そんな……出来ません。だって、私は今日カロリーナを殺そうとしたんですよ？

既のところで思い留まりましたが、私は確かに殺意を持って、広場に行きました……」

「な、なんだと……!?」

屋敷を抜け出したそもそもの理由を聞き、父は驚愕する。

『寝耳に水だ』と言わんばかりに目を白黒させ、まじまじと私の顔を見つめた。

ここまで言えば、お父様だって諦める筈……父親似の私より、母親似のカロリーナの方が可愛いだろうから。

日頃の行いを鑑みても、私を生かす価値はないわ。だから――――。

「――――止めないでください。私は死ぬべき人間です」

そう言って、私は両肩に置かれた父の手にそっと触れる――――が、なかなか手を離してくれなかった。

「そうだな……確かにお前の行いは普通に考えれば、打ち首になってもおかしくない。だが――――愛する娘の死を受け入れられるほど、私は強くない！　たとえ、世界中の人々から責められようと、私はお前を生かす！」

セレスティア王国の宰相としてでも、サンチェス公爵家の当主としてでもなく、ただの父親として『死ぬな』と制止の声を上げた。

痛いほど伝わってくる父の愛情に、私は――――ポロポロと大粒の涙を零す。

完璧令嬢の仮面なんて、とうの昔に壊れていて……私は号泣してしまった。

「お父様、私……生きていいんですか？　あんなに酷いことをしたのに……」

「良いか、悪いかの問題ではない！　これは私のワガママに過ぎないからな……！　でも、絶対に死なせない！　私は父親として、愛する娘の命と幸せを守る！」

力強い口調でそう断言した父は、泣きじゃくる私を抱き締める。

初めて触れる父の温もりに、私は更に涙腺を崩壊させ……小一時間ほど泣き続けた。

落ち着くまでずっと待ってくれていた父は、そっと体を離し、私の目尻に触れる。

『フローラは案外泣き虫だな』と笑いながら、ハンカチを貸してくれた。

素直に厚意を受け取ると、父は不器用な手つきで私の頭を撫でる。

「カロリーナには、きちんと謝罪して一緒に罪を償おう。お前がこうなってしまった原因は、私にもあるからな……カレンの死に打ちひしがれるお前を慰めてやれなかった」

『さっきのように抱き締めてやるべきだったのに……』と零し、父は眉尻を下げる。

申し訳なさそうにこちらを見つめる彼に、私は首を左右に振った。

「いいえ、お父様が気に病む必要はありません。全て私の責任です」

「そんなことはない。私はカレンから、散々忠告を受けていたにも拘わらず、お前を放置してしまったからな……全ての元凶は、この私だ」

『不甲斐ない父親ですまない』と謝罪する父に、発言を撤回する気はなさそうだ。

きっと、どれだけ説得しても無駄だろう。

ちょっと心苦しいけど……保護者としての責任まで取り上げてしまったら、お父様は今よりもっと悲しむでしょうね。

だから────この胸の痛みも罰だと思って、受け入れましょう。

『私のせいで責任を取る人が居る』という事実を、しっかりと噛み締める。

そして、忘れぬようにと胸に刻み込んだ。

「分かりました。お父様さえ良ければ、一緒に罪を償いましょう」

「ああ、ありがとう」

満足そうに微笑む父は、ポンポンッと私の頭を撫でると、王城に目を向ける。

「では、早速カロリーナに謁見を申し込もう。明日には、ノワール王国へ行ってしまうからな。出来れば、当事者の意向を汲んだ上で罪を償いたい」

『謝罪だって、ちゃんと出来ていないからな』と言い、父はこちらに手を差し出した。

『一緒に行こう』と申し出る彼を前に、私は目を潤ませる。

声を出すと、また泣いてしまいそうだったので、私はコクコクと何度も頷きながら手を重ねた。

第六章

無事に聖火点火を終え、王城に引き上げた私達は用意された客室で議論を繰り広げていた。

聖火点火の反省点や改善点を並べ、対応策について考える。

でも、初めての試みにしては上手くいっていて、直すべき点は思ったより少なかった。

事前に色々準備したから、多少のトラブルには直ぐに対応出来たのよね。

聖火点火に協力してくれた人達も、みんな優秀だったし。

馬車の前に飛び出そうとした民を食い止めた騎士や、進行が遅れないよう気を配ってくれた教会関係者には感謝しかないわ。

マリッサの淹れてくれた紅茶を飲みながら、私は皆の頑張りに敬意を払う。

『後でちゃんとお礼を言おう』と決意する中――不意に部屋の扉をノックされた。

「カロリーナ、私だ。フローラも一緒に居る。少し話がしたいんだが……中へ入ってもいいか？」

扉の向こうから聞こえてきた声は、間違いなく父のものだった。

どこか緊張感を孕んだ声色に、私は『いきなり、どうしたんだろう？』と不安になる。

お父様はともかく、フローラも来ているの……？　一体、どういう風の吹き回しかしら……？

もしや、また何か企んで……。

「――カロリーナ妃殿下、お通ししても問題ないと思いますよ。今朝と違って、敵意もありませんし」

そう言って、入室を許可するよう勧めてきたのはテオドールだった。

向かい側のソファに腰掛ける彼はおもむろに立ち上がり、後ろへ下がる。

どうやら面会する気満々のようで、マリッサに自分のティーカップを片付けるよう指示していた。

「ねぇ、『今朝と違って』って、どういうこと……？」

「それは追々分かりますよ」

素朴な疑問を向ける私に対し、テオドールははぐらかすような態度を取る。

正直、釈然としないが……問い質したところで、何も言わないのは明白だった。

早々に言及を諦めた私は、隣に座るエドへ視線を向ける。

「……エドは、どう思う？」

「本音を言えば、会って欲しくないが……リーナの好きにすればいいと思う。後悔のない選択をしてくれ」

『俺はリーナの判断を支持する』と主張し、エドはじっとこちらを見つめ返した。

誠実さが窺える視線を前に、私は暫し黙り込む。

ちょっと不安だけど……テオドールも『大丈夫』だって言っているし、一度会ってみよう。

もし、何かあってもきっとエド達が守ってくれるから……。

何より――――いい加減、過去との決着をつけたい。いつまでも、このままじゃいられないわ。

『今こそ、前に進む時よ』と奮起し、私は覚悟を固める。

そして、エドにお礼を言うと、急いで居住まいを正した。

「どうぞ」

意を決して入室の許可を出せば、直ぐさま扉が開く。

刹那――――私は目を見開いて、固まった。

何故なら、フローラの格好がどう見てもおかしかったから。

何でローブ姿……？　お父様は正装なのに……。

『服の趣味が変わった……？』と思案する私は、戸惑いながらも二人の動向を見守る。

突然の来訪を謝罪して中へ入る二人は、テオドールに促されるまま席に着いた。

向かい側に座る父と姉を前に、私は『ん？』と首を傾げる。

フローラの様子がおかしいわね……顔に笑みを貼り付ける訳でも、子供のように怒鳴り散らす訳でもなく、申し訳なさそうに俯くだけなんて……。

演技……かしら？　ここに居る人達には、もう本性がバレているのに……？

今更取り繕う意味なんて、ないわよね……じゃあ――――これが、素顔ってこと？

随分としおらしいフローラの反応に、私は困惑を露わにする。

だって、気まずそうに視線を逸らすフローラなんて、今まで見たことがなかったから……。

「えっと……それで、本日はどういったご用件でしょうか？」

『どうも、調子が狂うな……』と思いつつ、私は直球で質問を投げ掛けた。

早速本題へ入るよう促すと、父と姉は顔を見合わせる。

そして、視線だけで会話を交わすと、こちらに向き直った――――かと思えば、フローラが真っ先に口を開く。

「今日はカロリーナに謝罪をしたくて、来たの」

「謝罪……ですか？」

自分の耳を疑うような発言に驚き、思わず聞き返すと、フローラは間髪容れずに頷いた。

「ええ……信じられないかもしれないけど、本当よ」

「……それは何に対する謝罪ですか？」

「これまでカロリーナを理不尽に虐げてきたことと、今朝貴方を撃ち殺そうとしたことに対する謝罪よ」

迷いのない口調で淡々と話すフローラは、潔く罪を認める。

誤魔化す気なんて、一切ないようだ。

――――って、ちょっと待って!?　私を撃ち殺そうとしたって、どういうこと!?　それは初耳なのだけど!?

テオドールの言っていたことって、これ!?

衝撃のあまり固まる私は混乱しながらも、何とか事実を呑み込む。

正直、実の姉に殺されかけたのはショックだが、何度も危ない目に遭っているので恐怖心は湧かなかった。

『私って、案外図太いな』と呆れる中、フローラはソファから立ち上がり——その場に跪く。

「私は母を失った悲しみに耐えきれず、カロリーナを感情の捌け口にしたの……本当にごめんなさい。謝って済む問題じゃないけど、それでも謝らせて欲しい」

完璧令嬢の仮面も、プライドもかなぐり捨てて、フローラは深々と頭を下げた。

床に散らばる白銀色の長髪と自分より低い位置に居る彼女を見て、私はなんとも言えない気持ちになる。

実の姉に頭を下げさせてしまった居心地の悪さや、過去と決別出来た解放感が重なり……目眩を覚えた。

思わず額を押さえる私の前で——ずっと沈黙を守ってきた父が、行動に出る。

「私からも改めて、謝罪させて欲しい。本当にすまなかった」

「お、お父様まで……」

わざわざ立ち上がって頭を下げる父に、私は困惑を示す——が、当の本人は一歩も譲らない。

「そもそもの原因は、私なんだ。母の死に打ちひしがれるフローラを放置してしまった……父親としてちゃんと対応していれば、未来は違ったかもしれない」

『姉妹仲良く過ごす未来もあった筈だ』と述べ、父は謝罪の言葉を繰り返した。

精一杯の誠意を見せる二人の前で、私はそっと眉尻を下げる。

二人とも、『許して』とは言わないのね……。

一方的に謝罪されるだけの状況に、私は居心地の悪さを感じる。

もちろん、許しを乞われたとて簡単に許せるものじゃないが……それでも、許そうと努力することは出来る筈だ。

『永遠に家族を恨みたい訳じゃないから……』と考えていると、フローラがおずおずと視線を上げる。

「あのね、カロリーナ。これは自己満足かもしれないけど——贖罪をさせて欲しいの。きちんと罪を償って、生きていきたいから……カロリーナが私の悪事を世間に公表しろと言うならそうするし、身分を奪いたいなら家を出るわ。何でも言ってちょうだい」

『貴方の言う通りにするから』と言って、フローラは生殺与奪の権を私に預ける。

父も同じ気持ちなのか、凛とした面持ちでこちらを見据えた。

突然転がり込んできた報復の機会に、私は胸を高鳴らせる——訳もなく、困り果てる。

本音を言うと、どうすればいいのか分からなかった。

私は別にフローラを痛めつけたい訳でも、お父様に辛い思いをして欲しい訳でもないの……。

だからと言って、一切お咎めなしというのも……今までのことを考えると、納得出来ない。

お父様はさておき、フローラはダメ……。

『私の命を狙ったことだって、あるみたいだし……』と先程の話を振り返り、思い悩む。

——と、ここで壁際に控えていたテオドールがヒントをくれた。

「カロリーナ妃殿下。差し出がましいかもしれませんが、一つだけ進言を……苦しめることだけが、罰とは限りませんよ。無理難題を押し付けるのも、また一つの手です」

『道のりが困難であれば、罰になります』と主張し、テオドールはニッコリと微笑む。

笑顔は相変わらず胡散臭かったが、彼の進言は参考になった。

なるほど……とりあえず、お父様とフローラを困らせればいいのね。なら――――。

「――――私への罪滅ぼしとして、セレスティア王国の復興と繁栄に手を貸してください」

復讐と呼ぶには生ぬるい罰を言い渡し、私は父とフローラに視線を向けた。

手酷い仕返しでもされると思っていたのか、二人は『へっ……？』と素っ頓狂な声を上げる。

動揺のあまり呆気に取られるフローラは、パチパチと瞬きを繰り返した。

緊張した面持ちで身構えていた父も、ポカンと口を開けて固まっている。

普段なかなか拝めないセレスティア王国の宰相と完璧令嬢の間抜け面に、私は一人苦笑を漏らした。

「手段はお任せします。お二人ならではの方法で、私の祖国を……お母様の故郷を守ってください。

それが、お二人に与える罰です」

多岐に亘る才能を持つフローラと、経験豊富で努力家のお父様なら、必ずや役に立つだろう。

まあ、お父様の方はわざわざお願いしなくても、全力を尽くしただろうけど……。

真面目で優しい父の人柄を思い出し、私は僅かに頬を緩める。

温かい気持ちでいっぱいになる中、フローラが少しだけ身を乗り出した。

「……それで、カロリーナの気は晴れるの？」

困惑気味にこちらを見つめるフローラは、緊張した声色でそう尋ねてくる。

国の未来よりも妹の気持ちを気にかける彼女に、私は少しだけ胸を痛めた。

フローラは本当に反省しているのね……まさか、そんなことを聞かれるとは思わなかったわ。

初めて触れるフローラの優しさに、戸惑いを隠せない私はそっと目を伏せる。

「それは……分かりません。そもそも、私は自分の気を晴らすために罰を与えた訳じゃないので」

「じゃあ、何のためにこんな罰を……？」

『訳が分からない』と言わんばかりに目を白黒させるフローラに、私は困ったように微笑んだ。

「――――お二人を……いえ、フローラお姉様を許せるよう、自分の気持ちに区切りをつけるためです」

「はっ……？」

「と言っても、本当に許せるかどうかは分かりませんが……」

目を丸くして固まるフローラに、『努力はするつもりです』と主張する。

『本当の意味で円満解決出来たら、いいな』と願う私を前に、彼女はハッと正気を取り戻した。

「う、ううん。その気持ちだけで充分よ。ありがとう。国の復興と繁栄に貢献出来るよう、頑張るわね」

罰を受け入れると宣言したフローラは、その場から立ち上がった。

おもむろにこちらを見下ろし、ホッとしたような……でも、どこか悲しそうな笑みを浮かべる。

寂寥感を漂わせる彼女の表情は、私を嫁に出した時の父の表情によく似ていた。

「私も、その罰を受け入れる。フローラと共に、カレンとカロリーナの故郷を守り抜くと誓おう」

そう言って、フローラの隣に並んだ父は堂々と胸を張る。

正直、頑張り過ぎて倒れないか、少々心配ではあるが……そこはネイサン国王陛下に何とかしてもらおう。

陛下なら、父の過労を放置する……なんてことはしない筈だ。

『いざとなったら、止めてくれる筈……』と考え、私は首を縦に振る。

「はい、よろしくお願いします」

そう言うと、父とフローラは『任せろ』と言わんばかりに大きく頷いた。

かと思えば、『明日も早いだろうから』と言って、そそくさと退散していく。

こちらの過密スケジュールを把握しているからか、そこは配慮してくれたようだ。

どうせなら、もう少し話したかったけど、時間に余裕がないのは事実だし、しょうがないわね。

何より、あちらにも仕事や予定があるだろうから。

『引き止めるのは悪い』と思い、私は徐々に遠ざかっていく足音を聞き流す。

緊張の糸が切れ、『ふぅ……』と一つ息を吐くと、エドに腰を抱き寄せられた。

『寄り掛かっていいぞ』という合図に頬を緩め、私は素直に甘える。

安心する体温と香りに目を細める中、エドは優しく頭を撫でてくれた。

「リーナは凄いな。憎き相手にあそこまで心を砕けるなんて……俺には無理だ」

「同感です。私なら、ここぞとばかりに無理難題を押し付けていますよ」

やれやれと肩を竦めるエドとテオドールは、『優し過ぎる』と主張した。

壁際に控えるオーウェンやマリッサも、同意見なのか、うんうんと首を縦に振っている。

まあ、確かに……かなり甘い罰を与えた自覚はあるわ。でもね――――。

「――――こんな風に対応出来たのは、エド達のおかげなの。皆の優しさや温もりに触れなきゃ、私はきっと『許したい』なんて思えなかった」

自身の胸元に手を当てる私は、穏やかに微笑んだ。

「皆、いつもありがとう」

心からの感謝を述べると、彼らは口々に『それはこっちのセリフだ！』と言ってのける。

そして、呆れたように苦笑を零すものの……私を見る目は優しかった。

《フローラside》

カロリーナへの謝罪も済み、私と父は晴れやかな気持ちで帰路についた。

私達を乗せるサンチェス公爵家の馬車は、緩やかなスピードで広場を通り抜ける。

聖火点火が終わった後にも拘わらず、人の多い広場は聖女を称える声で溢れ返っていた。

弾けるような笑顔を見せる民の姿に、私は気分の高揚と共に感動を覚える。

皆、幸せそうに笑っている……今までは、それが当たり前のように感じていたけど、ようやく気づいた────当たり前の生活を維持することがどれほど大切で、尊いものなのか。

カロリーナは知らず知らずのうちに〝当たり前の生活〟を守ってきたのね。

宰相のお父様だって、そう……セレスティア王国の安寧をずっと維持してきた。

じゃあ、私は……？　私は今まで国のために何をしてきたの？

国という大きな枠組みで考えた時、私の行いは全てちっぽけに見えた。

当然だ。だって、私は一度たりとも国のために動いたことはないから。サンチェス公爵家の名誉と自分の利益しか、考えていなかった。

────私はなんて、愚かな人間なのかしら？　有り余るほどの才能と人脈を持っていながら、今まで国のために何もしてこなかったなんて……情けないわ。

偉大な父と立派な妹の家族として、不甲斐ない……正直、とても恥ずかしい。

グッと拳を強く握り締める私は、胸の内に渦巻く羞恥心と劣等感を必死に嚙み締めた。

『母の死に拘った代償がこれか』と自嘲気味に微笑み、顔を上げる。

そして、民の笑顔を目に焼きつけるようにじっと見つめると、唇を引き結んだ。

フローラ・サンチェス、よく覚えておきなさい。この光景を……これこそが私の目指す——理想であり、目標よ。

『これを当たり前の日常にするのよ』と自分に言い聞かせ、私は向かい側の席に座る父へ目を向けた。

「お父様、一つお願いがあります」

「何だ？　改まって……」

突然雰囲気の変わった私に、父は首を傾げつつも話の先を促す。

穏やかな表情を浮かべる父に、私は思い切って自分の願いを打ち明けた。

「カロリーナへの罪滅ぼしのため……そして、私の目標のために——公爵位と宰相の地位を継がせてください」

無謀とも言える願いを口にした私は、エメラルドの瞳を真っ直ぐに見つめ返す。

柄にもなく大きく目を見開く父は、動揺のあまり固まってしまった。

驚くのも無理ないわ。セレスティア王国は男尊女卑の激しいところで、女性が権力を持つのは凄く難しいから。

まあ、公爵位までは私の力だけで何とかなりそうだけど……でも、宰相の座に就くのは厳しい。

だって、セレスティア王国で宰相になった女性は未だかつて一人も居ないもの。

これぱっかりは、お父様の協力を仰がなくてはならない。

「難しい頼みであることは、分かっています。でも、私は――――民の笑顔を……当たり前の生活を守りたいのです。お父様とカロリーナが、今までそうしてきたように……私も国の役に立ちたいんです！　過去の贖罪のためにも！」

才能の善し悪しだけで決められる問題じゃないと理解した上で、私は父に頼み込んだ。

ただの思いつきでも、気まぐれでもないと証明するかのように、私は決して目を逸らさない。

確固たる意志と揺るぎない覚悟を見せる私に、父は悩ましげに眉を顰めた――――が、最終的には『仕方ないな』とでも言うように肩を竦める。

「お前の気持ちはよく分かった。端から、諦めろと否定するつもりはない。でも、確認のために言わせてくれ」

そこで一度言葉を切ると、父は私の両肩を掴み、顔を覗き込んできた。

「――――本当にいいんだな？　お前の選択した道は、きっと想像以上に険しいぞ。ただの公爵令嬢として誰かと結婚し、カロリーナへの罪滅ぼしを行う方法もある。それでも、お前はその道を選ぶのか？」

親として、敢えて厳しいことを言う父は鋭い目つきで……でも、どこか心配そうにこちらを見つめる。

父としては、出来るだけ苦労のない道を選んで欲しいと願っているのだろう。でも――――私にだって、譲れないものがあった。

ごめんなさい、お父様……そして、ありがとう。こんな私を心配してくれて。

「私は茨の道であろうと、構いません。覚悟は出来ています。ですから――私にお父様の知識と経験を注ぎ込んでください。必ず、全て身につけてみせます」

自信ありげに微笑む私は、二十歳を目前にしてようやく才能の使い道を見つける。

『誰よりも偉大で、聡明な人間になろう』と決意する中、父は諦めたように頷いた。

「分かった。協力しよう。ただし、私の指導はかなり厳しいぞ？　娘だからといって、甘やかすつもりはないからな。覚悟しておきなさい」

意地の悪い笑みを浮かべる父は、『これから、楽しくなりそうだ』と不吉なセリフを吐く。

毎日みっちり指導される未来を想像し、私は思わず頬を引き攣らせた。

でも、当たり前の生活を守りたい気持ちと罪を償いたい気持ちに変化はないため、『よろしくお願いします』と頭を下げる。

――こうして、今年の聖夜祭は民にとっても、セレスティア王国にとっても、私にとっても忘れられない思い出となった。

◇◆◇◆

セレスティア王国での聖夜祭から一夜明け、私達はテオドールの転移魔法によりノワール王国を訪れていた。

そして、人生二度目となる聖火点火をこなすと、マルコシアス帝国に帰還する。

約一週間ぶりとなる我が家を前に、私達は感激する――暇もなく、謁見の間へ連れて来られた。

帝国の国旗や皇室の紋章が飾られた空間には、エリック皇帝陛下とヴァネッサ皇后陛下の姿がある。

玉座に腰掛ける二人を前に、私はエドに促されるまま歩みを進めた。

高級感漂うレッドカーペットの上で足を止めると、私達はほぼ同時にお辞儀する。

「マルコシアス帝国の太陽　エリック皇帝陛下とヴァネッサ皇后陛下にご挨拶申し上げます。聖女カロリーナ・ルビー・マルティネス、ただいま帰還致しました」

「『烈火の不死鳥』団団長エドワード、任務完了のご報告に参りました」

シーンと静まり返った空間に声を響かせる私とエドは、両陛下の返答を待つ。

厳かな雰囲気とは裏腹に、穏やかな表情でこちらを見つめるエリック皇帝陛下は軽く手を上げた。

「楽にしてくれて、構わない。まずは聖女信仰協議会での初仕事、ご苦労であった。そなた達の活躍は各方面から、聞き及んでいる」

『よくやってくれた』と褒め称えるエリック皇帝陛下は、僅かに目元を和らげた。

「まだ帝国の聖夜祭が残っているが、お前達なら立派に役目を果たしてくれるだろう。期待しているぞ」

「聖夜祭当日の夜には皇城でパーティーを開く予定だから、二人とも出席してちょうだいね。そこで、大々的に皇太子の選出発表を行うつもりだから」

シレッと、とんでもないことを口走ったヴァネッサ皇后陛下は『まあ、立太式はもう少し先になるけど』と付け加える。

あまりにも急すぎる皇太子の発表に、私は思わず固まった。

『へっ……？』と素っ頓狂な声を上げながら、エドと顔を見合わせる。

彼も発表時期については一切知らされていなかったようで、パチパチと瞬きを繰り返した。

なるべく早く伝えるべき事柄だとは、思っていたけど……幾らなんでも早過ぎない？

ギルバート皇子殿下の活躍で、派閥争いはある程度収まったのだから、もう少し先でも良かったのでは？

まあ、民のことを考えれば、一日でも早く発表するべきだけど……。

次世代の居ない状況《先の見えない》は、民に大きな不安を与えるでしょうから。

「畏まりました。パーティーには、必ず参加するようにします」

「私も兄の晴れ舞台に立ち会うとしましょう」

急な展開に驚きはしたものの、私達は両陛下の決定に従った。

満足そうな表情でこちらを見下ろすエリック皇帝陛下は、僅かに目元を和らげる。

ヴァネッサ皇后陛下もまた、ほんの少しだけ口元を緩めた。

「突然の申し出を受け入れてくれたこと、感謝する。では、もう下がって良いぞ。帰還早々、呼び出して悪かったな。明日の聖夜祭に向けて、しっかりと体を休めてくれ」

「二人とも、今回は本当にご苦労さま。詳しい報告は後で構わないから、今日は早めに寝なさい」

『夜更かしは禁物だ』と言い聞かせるヴァネッサ皇后陛下は、至って真剣だった。

わざわざ体調を気遣ってくれる彼女に、私達は頬を緩める。と同時に、頭を下げた。

「「はっ！　お心遣い、感謝致します」」

まるで双子のように息ピッタリな私達は、同じタイミングで顔を上げる。

そして、素早く姿勢を正すと、どちらからともなく別れの言葉を告げ、身を翻した。

思ったより早く終わった結果報告にホッとしつつ、謁見の間を後にする。

その足でエメラルド宮殿に向かった私はエドとまったり過ごし、翌日の朝を迎えた。

いよいよ聖女の仕事も大詰めとなり、改めて気を引き締める。

『最後まで気を抜かないように』と自分に言い聞かせながら、私は服を着替えた。

軽いマントを羽織り、マリッサに髪を結い上げてもらうと、最後に化粧をしてもらう。

これで聖女カロリーナの完成だった。

「カロリーナ妃殿下、出発の時間までまだ余裕がありますので、ゆっくりお休みください」

有能な侍女であるマリッサはメイク道具やヘアオイルを素早く片付けると、私の膝にブランケットを掛ける。

『寒くありませんか？』と気遣ってくれる彼女に一つ頷き、私はお礼を言った。

――――が、生真面目なマリッサは『これくらい、侍女として当然です』と謙虚な姿勢を貫く。

いつも通りの対応に笑みを零しつつ、私はオーウェンへ目を向けた。

「オーウェン、一つお願いしてもいいかしら？」

「はっ。何なりとお申し付けください」

「ありがとう。それじゃあ、一番大きい棚の引き出しから箱を持って来てくれる？　確か、二つあった筈なのだけど……」

扉の近くにある棚を指さし、私は『青とオレンジの箱ね』と付け加える。

物の運搬を頼まれたオーウェンは気を悪くするでもなく、棚に歩み寄った。

本当は自分で取りに行きたいのだけど……この格好だと、どうもね。

万が一にも汚したり、破損したりしたら大変だもの。

特にこのマントは物に引っ掛かりやすくて、何度か破りそうになったのよね……。だから、本番前は出来るだけ動きたくないの。

『時間がなくて、衣装の予備も作れなかったし』と肩を落とす私は、布の表面を撫でる。

つるんとした手触りに目を細める中、オーウェンは青とオレンジの箱を持って、近づいてきた。

「ご所望のものは、これらでお間違いありませんか？」

「ええ、間違いないわ。ありがとう。一旦、テーブルに置いてくれるかしら？」

「畏まりました」

間髪容れずに頷いたオーウェンは、ラッピングまでされた二つの箱をテーブルの上に並べる。

誰かへの贈り物だと一目で分かるそれらは、私自ら用意したものだった。

「では、私はこれで失礼しま……」

「あっ、ちょっと待ってちょうだい。まだそこに居て」

さっさと持ち場へ戻ろうとするオーウェンを引き止め、私はニッコリ微笑んだ。

不思議そうに首を傾げる彼は困惑しつつも、『分かりました』と返事する。

聞き分けのいいオーウェンに礼を言い、私は背後に控えるマリッサに声を掛けた。

オーウェンの隣に並ぶように指示し、私はテーブルを挟んだ状態で二人と向かい合う。

いつも後ろに控えている二人と、こうやって向き合うのはなんだか変な感じね。

新鮮な感覚に目を細める私は、信頼する護衛騎士と専属侍女を真っ直ぐに見据えた。

「二人とも、いつもありがとう。貴方達のおかげで、私は毎日幸せに暮らせているわ。本当に感謝している」

柔らかい笑みを浮かべる私は、オーウェンとマリッサに日頃の感謝を伝える。

どれだけ言葉を重ねても足りないくらい、二人には感謝しているから。

「帝国に嫁いでから、今日までやって来られたのは貴方達のおかげよ。こんな頼りない主人についてきてくれて、ありがとう。そして、これからもよろしくね。頼りにしているわ」

そう言って、私は先程オーウェンに持ってきてもらった二つの箱を差し出した。

青色の箱はマリッサに、オレンジ色の箱はオーウェンに手渡す。

「これは貴方達へのプレゼントよ。良かったら、受け取ってちょうだい。私の手作りだから、実用性は皆無かもしれないけど……」

自信なさげに言い淀む私は、『やっぱり、宝石の方が良かったかしら？』と後悔した。

手作りのプレゼントを渡すと約束したから、手作りにしたけど……あれはやっぱり、社交辞令だったのかしら？

だとしたら、悪いことをしたわね。

皇族からの贈り物とはいえ、手作りのプレゼントなんて貰っても困るだけでしょうから……。

『やってしまった……』と頭を抱える私は、プレゼントを回収するべきか迷う。

必死に知恵を振り絞る私の前で、オーウェンとマリッサは一分ほど固まった――かと思えば、宝物のように箱を抱き締め、嬉しそうに微笑む。

「ありがとうございます、カロリーナ妃殿下！　一生大切にします（わ）！」

子供のようにはしゃいだ声を上げる二人は、キラキラと目を輝かせる。

仕事中だということも忘れ、無邪気に笑みを振り撒いた。

まさかの展開に目が点になる私は、『へっ……？』と情けない声を上げる。

目を疑うほどの喜びっぷりに、私は困惑するしかなかった。

迷惑に思われるどころか、歓喜されている……？　もしかして、私のことを気遣って、演技しているんじゃ……？　って、それはないか。演技にしては、大袈裟すぎるもの。少なくとも、仕事の存在を忘れて喜ぶような真似はしない筈……マリッサもオーウェンも真面目だから。

演技の可能性を直ぐさま否定し、私は二人の反応を素直に受け入れた。

幸せそうに頬を緩める彼らは、綺麗に包装された箱を優しく撫でる。

「あの、カロリーナ妃殿下。差し支えなければ、ここでプレゼントを開けてもよろしいでしょうか？」

「はしたないと分かってはいるのですが、どうしても待ち切れなくて……！」

『早く中身を見たい！』と申し出るマリッサとオーウェンは、じっとこちらを見つめてくる。

おやつを強請る子犬のような眼差しに、私は思わず吹き出してしまった。

「うふふっ。もちろん。好きにしてちょうだい」

「「ありがとうございます」」

一斉に頭を下げる二人は顔を上げるなり、いそいそと包装を剝がしていく。

そして、包装紙の中から箱を取り出すと――彼らは丁寧に蓋を開けた。

青とオレンジの箱にはそれぞれ、手編みのマフラーと刺繡入りのハンカチが入っている。

毎日、少しずつ丁寧に作ってきたそれらは私の気持ちそのものだった。

喜んでくれるといいのだけど……実物を見て、ガッカリされたらどうしよう？

クオリティの低さに落胆する二人を想像し、私は一抹の不安を覚える。でも、それは杞憂に終わった。

「手編みとは思えないほど、素晴らしい出来ですね。カロリーナ妃殿下は、本当に手先が器用です。とても、羨ましいですわ。これは家宝として、大切に保管しておきます」

海のように真っ青なマフラーを胸に抱き、マリッサは口元に弧を描く。

クールな専属侍女というイメージはすっかり消え去り、表情豊かな女の子となった。

「家宝はさすがに言い過ぎだけど、喜んでくれて良かったわ。保管せずにきちんと使ってちょうだいね」

「……善処します」

わざと返事を濁すマリッサは、どこか気まずそうに視線を逸らした。

本気で家宝にするつもりだったのか、バツの悪そうな顔をしている。

予想外の反応に戸惑うものの、プレゼントの使い道に干渉する権利はないと思い、説得を諦めた。

『マリッサの好きに使えばいい』と苦笑する中、ハンカチを広げたオーウェンはニカッと笑う。

「完成品はこんな風になっているんですね！　すっごく綺麗です！　お店に売っていても、おかしくないレベルですよ！」

『すげぇ！』と無邪気に喜ぶオーウェンは、まるで子供のようだった。

ライラックの刺繍を何度も撫で、一人前の騎士として認められたことに歓喜する。

建国記念パーティーでの騒動から、今日まで必死に頑張ってきたからこそ、この上ない喜びを感じていることだろう。

「カロリーナ妃殿下、本当にありがとうございます！　お守り代わりとして、一生大切にします！」

両手でハンカチを持つオーウェンは、ガバッと勢いよく頭を下げる。

それに続くように、マリッサも『素敵な贈り物をありがとうございます』と感謝を口にした。

大袈裟なくらい喜んでくれる彼らを前に、私は僅かに頬を緩める。

「お礼なんて、別にいいわよ。二人の喜ぶ顔が見られただけで、充分だもの」

『感謝なんてしなくていい』と語り、私は穏やかに微笑んだ。

ラッピング用のリボンまで丁寧に扱う二人の姿に、スッと目を細める。

充実感に満ち溢れる私は、『頑張って良かった』と改めて思った。

――大成功を収めた手作りのプレゼントはその後、二人の実家や自宅に運ばれた。

これを機に新しい金庫を買うとまで言い出した二人を他所に、私はエド達と合流する。

そして、最後の打ち合わせを済ませると、私達はパレード用の馬車に乗り込んだ。

民とのふれあいを目的に、走り出した馬車は帝都をグルッと一周する。

民衆達の反応はセレスティア王国やノワール王国と同じく、好評だった。

『聖女様、万歳！』と叫ぶ彼らを他所に、馬車は広場へと到着する。

自然な笑顔を心掛ける私はエドの手を借りて、地上へ降りた。

物凄い人の数ね。馬車の中からでも観衆の多さはよく分かったけど、こうして外に出てみると、圧迫感……というか、迫力が違うわ。

見物人の数だけで言えば、セレスティア王国やノワール王国の倍は居そう。

さすがは、マルコシアス帝国最大の都市って感じね。

前後左右どこを見ても人しか居ない状況に目を見張りながら、私は民の歓声と拍手に応える。

微笑みを湛《たた》える私の横で、エドは松明に火をつけた。

「リーナ。火傷をしないよう気をつけて、持つんだぞ」

「ええ、ありがとう」

心配性なエドにコクリと頷き、私は松明に手を伸ばした。

紅蓮の炎に焼かれる松明をしっかりと持ち、聖火台のオブジェへ足を向ける。

ルビーをあしらった真っ赤なオブジェは、帝国の栄誉を称えているようだった。

『随分と豪華ね』と僅かに目を見開く私は、エドにアイコンタクトを送ってから歩き出す。

周囲の視線を独り占めしながら、優雅な足取りで前へ進む私は決して笑みを絶やさない。

聖女に良いイメージを持ってもらえるよう心掛ける中、ついに目的地へ辿り着いた。

聖火台と向かい合う私は、オブジェの中を覗き込む。

あら……？　台の中はただの空洞だと思っていたのに、聖書の言葉や綺麗な模様が刻まれているわね。

まさか、内側の細かいところまで加工されているとは思わなかったわ。

聖火台の製作を頼まれた職人は、かなり張り切っていたみたいね。

『凄く綺麗だ』と目を輝かせる私は、ふわりと柔らかく微笑んだ。

感動にも似た衝動を覚えながら――――松明を台の中へ放り込む。

そして、勢いよく後ろを振り返ると、大きく手を広げた。

「マルコシアス帝国に神の祝福があらんことを!!」

人の多さを考慮して、私は今まで以上に声を張り上げる。

喉を痛めるほどの大声は広場全体に響き渡り、観衆の耳へ届いた。

聖夜祭の開幕により一層盛り上がる観衆は、『神の祝福があらんことを！』と復唱する。

大興奮する見物人たちを他所に――――背後から火柱が上がり、どこからともなく花びらが降ってきた。

更に今回は皇室の予算で花火も用意したため、青空に大きな花が咲く。

壮観と呼ぶべき光景を前に、観衆の盛り上がりは最高潮に達した。

演出の件は事前に聞いていたけど、ここまで豪華になるとは思わなかったわ。

エドの巻き起こした火柱も、テオドールの魔法で作った花びらも、皇室の用意した花火も全部綺麗。本当に素晴らしいわ。

大掛かりな演出に目を奪われる私は、自然と笑顔になった。

胸に広がる達成感を味わいながら、聖女の初仕事はこれで終わりなのだと実感する。

寂寥感にも似た感情を抱く私は、『また来年もこうやって、民の笑顔に触れたい』と思った。

「聖女様、万歳！　また来年も見に来ますね！」

「聖夜祭の聖火点火はもう聖女様にしか、任せられません！」

「火柱も花びらも花火も凄かったです！　目に焼き付けて、絶対に忘れません！」

「聖女様のおかげで、今年の聖夜祭は一生の思い出になりました！　ありがとうございます！」

あちこちから飛んでくる感謝の籠った言葉に、私は笑みを零しながらエドの元へ戻る。

『もう少しだけ、ここに居たい』という願いを呑み込みながら、馬車に乗り込んだ。

そして、後ろ髪を引かれる思いで広場を後にする。

――観衆の歓声や拍手は聖火点火を終えても、なかなか鳴り止まなかった。

「凄まじい人気ですね。そのうち、聖女様の姿絵や絵本が出回りそうです」

馬車の小窓から外の様子を眺めるテオドールは、感心したように目を見張る。

聖女試験で合格した時より明らかに上がっている評判に、驚いているようだ。

「リーナの姿絵や絵本か。それはちょっと見てみたいな」

「恥ずかしいから、やめてちょうだい……」

エドの発言に、思わず制止の声を上げる私は僅かに頰を紅潮させた。

聖女に関する創作物を制作するのは百歩譲って良いとして、身内に見られるのはさすがに恥ずかしい。

娯楽だから仕方ないとはいえ、絶対に脚色されているだろうから。

姿絵は『別人ですか？』ってくらい、美人に描かれるでしょうし、絵本は『嘘でしょう？』ってくらい、話を大きくするでしょうね。

民に慕われる証拠だから嫌ではないけど、『全く抵抗がない』と言えば、嘘になる。

私の耳に入らない程度で、好きにやって欲しい……というのが本音だわ。

「分かった。そこまで言うなら、やめよう。創作物など見ずとも、本物が目の前に居るからな」

ポンポンッと私の頭を軽く撫でるエドは、僅かに目元を和らげる。

『お前だけ見ている』とも捉えられる彼の発言に、私の頰は更に熱くなった。

無自覚に私を翻弄するエドにドキドキしつつも、何とか頰の熱を冷ます。

「と、ところで――今日のパーティーは何時頃に始まるの？　昨日、パーティーのことを知らされたばかりだから、入場時刻や開始時刻も把握していなくて……」

向かい側に座るテオドールへ目を向ける私は、さっさと話題を変更する。

必死に平静を装う私の前で、彼はカチャリと眼鏡を押し上げた。

「夕方の六時頃からだと伺っております。皇室主催のパーティーなので、ドレスは正装の方が良いでしょう。カロリーナ妃殿下さえ良ければ、聖女の衣装で参加することも可能ですが……パーティーの名目はあくまで、聖夜祭を祝うことですから」

『わざわざ着替える必要はない』と語り、テオドールはニッコリ微笑んだ。

情報を脳内で整理する私は、パーティーに着ていく衣装について悩む。でも、答えは既に決まっていた。

「そうね。確かに聖女の衣装でパーティーに参加しても、マナー違反ではないけど――今回はやめておくわ。私は聖女としてではなく、第二皇子妃としてパーティーに参加するつもりだから」

皇太子の発表も兼ねたパーティーに、聖女として参加する訳にはいかないと断言し、私は肩を竦める。

『そうですか』と満足そうに頷くテオドールは、ゆるりと口角を上げた。

どうやら、私の答えは間違いじゃなかったようね。

お説教回避にホッと胸を撫で下ろす私は、数十メートル先にある皇城に目を向ける。

――本日二つ目のイベントとなる、皇室主催のパーティーは直ぐそこまで迫っていた。

僅かな緊張感と期待感に苛まれながら、皇城へ帰還した私達は少しだけ休憩を挟む。

でも、直ぐに時間となり、それぞれパーティーの準備に取り掛かった。

そして、しっかり身嗜みを整えると、パーティー会場の前に集合する。

聖夜祭ということで白系統のドレスに身を包む私は、エドの隣に並んだ。

すると、彼は僅かに目元を和らげる。

「よく似合っている。とても綺麗だ」

「ありがとう。エドも凄く素敵よ」

久々に見るエドの正装姿に見惚れつつ、私はニッコリと微笑んだ。

今日も今日とて幸せオーラ全開の私達に、テオドールはわざとらしく咳払いする。

『本番前ですよ』と言わんばかりの鋭い視線に、私とエドはピタリと身動きを止めた。

互いに顔を見合わせ、どちらからともなく頷き合うと、慌てて姿勢を正す。

ここでテオドールに歯向かうのは、危険だった。

聖夜祭当日までお説教なんて、絶対に御免よ。

今日くらい、大目に見て欲しいものだわ。

聖女の仕事もちゃんと頑張ったんだから。

と、テオドールに面と向かって言うことは出来ず、愛想笑いを浮かべる。

でも、こちらの気持ちは何となく分かったようで、『仕方ありませんね』とでも言うように肩を竦めた。

「もうすぐ、入場の時間です。会場の中には既に多くの貴族がいらっしゃいますから、気を引き締めてください」

遠回しに『あまり浮かれるな』と釘を刺すテオドールは、一礼して後ろに下がる。

何とか説教を免れた私とエドは、ホッと胸を撫で下ろした。

でも、入場を知らせる音楽が流れるなり、急いで表情を引き締める。

キリッとした表情で前を見据える中、観音開きの扉は勢いよく開け放たれた。

「────第二皇子エドワード・ルビー・マルティネス殿下とカロリーナ・ルビー・マルティネス妃殿下のご入場です！」

扉の両脇に控える衛兵たちは、一斉に私達の名前を叫んだ。

と同時に、会場内は静まり返り、こちらに注目が集まる。

値踏みするような視線を前に、私達は堂々とした態度で一歩前へ踏み出した。

皇室主催のパーティーとはいえ、参加者が異様に多いわね。

聖女である私を見定めに来たのかしら？

まあ、何にせよ皇太子の発表にはうってつけの舞台だわ。

中央貴族はもちろん、地方貴族まで多く居るのだから。情報の拡散は、思ったより早くなりそうね。

嬉しい誤算だと微笑む私は、入場の扉から玉座の前まで続くレッドカーペットをしっかりと踏み締める。

左右に分かれて待機する貴族達の前を通り過ぎ、私は玉座の前で立ち止まった。

空席の玉座に向かって一礼し、エドと共に脇へ退く。

建国記念パーティーの時と全く同じ作法だったからか、ミスは一切なかった。

「リーナ、少し休むか？　聖火点火での疲れが、まだ抜けていないだろう？」

気遣わしげな視線をこちらに向けるエドは、近くのソファを指さす。

でも、立っていられないほど疲れている訳じゃないので、私は首を横に振った。

「心配してくれて、ありがとう。でも、もうすぐギルバート皇子殿下の入場時間だし、休憩は後にするわ」

「そうか……分かった。でも、無理だけはしないでくれ」

心配そうにこちらを見つめるエドは、『健康第一だ』と言い聞かせる。

捨てられた子犬のような目をする彼に、私は『分かったわ』と大きく頷いた。

色々と気遣ってくれる旦那様に愛しさを感じていると、会場の扉が再び開く。

「――――第一皇子ギルバート・ルビー・マルティネス殿下のご入場です！」

会場内に響き渡る衛兵の大声につられ、私は顔を上げた。

本日の主役とも言えるギルバート皇子殿下の入場に思いを馳せる中、彼は会場内に姿を現す。

優雅な足取りでレッドカーペットの上を歩く彼はパステルブルーの長髪を揺らし、玉座の前までやって来た。

そして、一度足を止めると、そのまま優雅に一礼し、こちらに背を向ける。

私達とは逆の方向に退いていくギルバート皇子殿下はさりげなく、こちらへ視線を送ってきた。

挨拶代わりのつもりなんだろうが、とにかく色っぽい。『フェロモンだだ漏れ』とは、まさにこのことだろう。

「狙ってやっているのかは分からないけど、相変わらず凄い色気ね。ご令嬢達の黄色い悲鳴が聞こえるわ」

今にも卒倒しそうな女性陣に視線を向け、私は『罪な人ね』と肩を竦めた。

ご令嬢達の熱い視線を一身に受け止めるギルバート皇子殿下は、柔和な笑みを浮かべている。

あれだけ注目を集めているというのに、緊張している様子は特になかった。

むしろ、リラックスしているように見える。

「心身共に健康そうね」

「兄上は本番に強いタイプだからな。それより、もうすぐパーティーの開始時刻だ。気を抜くなよ」

――――テオに後で怒られるぞ。

とは言わずに、エドは会場の隅っこに居るテオドールへ視線を向けた。

効果抜群の脅しに頬を引き攣らせ、私はコクリと小さく頷く。

入場前に言われた言葉を思い出しながら、改めて気を引き締めた。

――――と、ここで夜の八時を知らせる鐘が鳴り、会場内は一瞬にして静まり返る。

秒針の音しか聞こえない静寂の中、オーケストラは演奏を開始した。

美しい音色を奏でる彼らは、この日のために用意してきた曲を会場中に響かせる。

思わず、聞き入ってしまうほど素晴らしい演奏を前に、衛兵たちは声を張り上げた。

「――皆の者、頭《こうべ》を垂れよ！　帝国の太陽であらせられる、エリック・ルビー・マルティネス皇帝陛下とヴァネッサ・ルビー・マルティネス皇后陛下の入場である！」

両陛下の入場を知らせた衛兵たちは、丁寧な手つきで扉を開いた。

と同時に、会場内にいる皇族と貴族は直ぐさま姿勢を正し、優雅にお辞儀する。

そして、事前に打ち合わせでもしていたかのように同じタイミングで口を開いた。

「「偉大なるマルコシアス帝国に栄光あれ」」

一言一句違わず同じセリフを口にし、私達は両陛下に最大限の敬意を表す。

物凄い緊張感に包まれる私達を他所に、エリック皇帝陛下とヴァネッサ皇后陛下は優雅な足取りで、会場に足を踏み入れた。

コツコツと鳴り響く二人の足音はやがて、私の前を通り過ぎていき、不意に止まる。

用意された二つの玉座にそれぞれ腰掛けたのか、布の擦れる音が僅かに響いた。

「――面を上げよ。楽にしてくれて、構わない」

聞き覚えのある声に促され、私達は一斉に顔を上げる。

そして、見目麗しい赤髪の美丈夫と青髪の美女を前に、背筋を伸ばした。

美しく着飾った彼らは、帝国の太陽に相応しい威厳を放っている。

「まずは領地経営で忙しい中、パーティーに参加してくれたこと、心より感謝する。そなた達と共に聖夜祭を祝えて、嬉しい限りだ」

『今年は聖女も居るしな』と冗談めかしに付け加えるエリック皇帝陛下は、楽しげに目を細める。

ゆるりと口角を上げる彼は、普段通りの穏やかな口調で挨拶を進めると――一度言葉を切っ
た。

場の空気を変えるように数秒ほど沈黙してから、再度口を開く。

「今日は皆《みな》に良き知らせがある。パーティーを始める前に、少しだけ時間をくれ」

そう前置きするエリック皇帝陛下は動揺する貴族達を他所に、ギルバート皇子殿下に目を向けた。

「第一皇子ギルバート・ルビー・マルティネス、こちらへ来なさい」

「はっ！」

素早く頭《こうべ》を垂れるギルバート皇子殿下は、了承の意を示す。

どこか既視感を感じる光景に、周囲の人々は困惑した。

でも、何人かは発表内容に心当たりがあるのか、『やっとか』と言わんばかりに安堵する。

様々な思惑が交差する会場内で、ギルバート皇子殿下は玉座の前まで躍り出た。そして、両陛下
に一礼すると、クルリと身を翻す。

凛とした面持ちで前を見据える彼は、どこか誇らしげだった。

「良き知らせというのは、他でもないギルバートのことについてだ。皆《みな》、心して聞いて欲しい」

そこで一度言葉を切ると、エリック皇帝陛下はヴァネッサ皇后陛下を伴って、起立する。

重大な発表であることを匂わせるように、彼らは階段を下りていった。

かと思えば、ギルバート皇子殿下の隣に並び、彼の肩に手を置く。

まるで、『この者こそ、選ばれし者だ』とでも言うかのように。

「私、エリック・ルビー・マルティネスはギルバート・ルビー・マルティネスを――マルコシアス帝国の皇太子に任命することを、ここに宣言する！」

声高々にそう叫んだエリック皇帝陛下は、誇らしげに帝国の皇太子を発表した。

長年保留になっていた皇太子の選出に、周囲の人々は大きく目を見開く。

と同時に、感嘆の声を漏らした。

「まあ……！　ついに皇太子が決定したのね！」

「これは実にいい知らせだ！」

「きっと、平民達も大喜びするわ！　ギルバート皇子殿下に好感を持つ者は多いから！」

「帝国の未来も明るいな！　これでようやく、安心出来る！」

思い思いの感想を述べる貴族達は、手を取り合って喜んだ。

特に女性陣の反響は大きく、涙ぐむ者まで居る。

「立太式の日取りについては、また後日知らせる。一先ず、今日は発表だけだ。では、もうそろそろ乾杯といこうか」

早々に話を切り上げたエリック皇帝陛下は、ヴァネッサ皇后陛下と共に階段を上がる。

そして、側近の一人から白ワインの入ったグラスを受け取った。

階段下に居るギルバート皇子殿下にも、最高級のワインが渡される。

「リーナ、赤ワインで良いか？」

近くの侍女から乾杯用のグラスを受け取ったエドは、こちらを振り返る。

白ワインと赤ワインのグラスを一つずつ手に持ち、『どっちがいい？』と尋ねてきた。

私は正直どちらでもいいけど、エドは確か赤ワインの方が好きだったわよね？

晩酌の際はいつも、赤ワインを飲んでいたし。

「じゃあ、白ワインを頂けるかしら？」

「分かった」

コクリと頷くエドは、白ワインの入ったグラスをこちらに差し出す。

『ありがとう』と礼を言って、受け取る私はニッコリ微笑んだ。

乾杯の準備が整ったところで、私達は視線を前に戻す。

他の招待客も皆《みな》、ワイングラスを手に持っており、陛下の掛け声を今か今かと待ち侘びていた。

「では、この良き日と聖夜祭の成功を祝って――――乾杯」

乾杯の音頭と共に、エリック皇帝陛下はワイングラスを軽く持ち上げる。

それを合図に、パーティーの参加者たちは一斉にグラスを掲げ、『乾杯！』と復唱した。

そして、オーケストラの素晴らしい演奏と共に、皇室主催のパーティーは始まる。

一気に賑やかになる会場を他所に、私とエドも乾杯した。

「早速、兄上のところに人が集まってきているな」

「あら、本当ね。ここまで積極的に皇族に話し掛ける貴族達の姿は、初めて見たわ」

エドの視線の先を辿るように顔を動かした私は、僅かに目を見張る。

我先にと、自分の娘を紹介する貴族達は未来の皇太子に気に入られようと、必死だった。

『欲望のままに動くなんて、はしたない』と教育されてきた貴族でも、皇太子妃の座には目が眩んでしまったらしい。

周囲の牽制よりも、獲物の懐柔を選ぶくらいには。

「まあ、それぞれの魂胆はどうであれ、放っておいても大丈夫そうだな。少なくとも、害意は感じられない」

「確かに危害を加えられる心配はなさそうね。私達が間に割って入るのもおかしな話だし、ここはギルバート皇子殿下の判断に任せましょう」

さっさと放置を決め込んだ私達は、貴族達に囲まれるギルバート皇子殿下から目を離す。

『せっかくだから、パーティーを楽しもう』と思い、上質なワインを口に含んだ。

疲れているせいか、いつもより酔いやすくなっているようで、頬が僅かに熱を持つ。

「リーナ、顔が赤いぞ。大丈夫か？」

心配そうにこちらを覗き込んでくるエドは、空になったグラスを侍女に預けた。

かと思えば、私のほっぺたに触れ、『やっぱり、熱いな』と呟く。

「父上への挨拶は後回しにして、一度バルコニーへ出るか？　夜風に当たれば、少しは酔いが醒めるかもしれない」

当たり前のように私を気遣ってくれるエドは、僅かに眉尻を下げた。

普段と違い、ひんやりと冷たく感じるエドの手に、私は思わず苦笑する。

情けないけど、本当に酔っているようね。意識はハッキリしているけど、一度夜風に当たって、体の熱を冷ました方が良さそう。

「じゃあ、ちょっとだけバルコニーに出てこようかしら。エドはここに居てちょうだい。直ぐに戻ってくるから」

「いや、俺も行く。リーナに万が一のことがあったら、大変だからな」

「ふふふっ。大袈裟ね。でも、ありがとう」

『絶対に離れない』と言い張るエドに、私はクスクスと笑みを漏らす。

そして、近くの侍女に声を掛けてから、私達はバルコニーへ向かった。

パーティー会場と隣接して作られたバルコニーは、真冬ということもあって、かなり寒い。

でも、酔いを醒ますにはうってつけの場所だった。

口端から漏れ出る白い息に注目する中、ふと肩に何かが触れる。

「羽織っていろ。酔いを醒ます代わりに、風邪を引かれては困る」

自身の上着を私の肩に掛けるエドは『リーナが着ると、コートみたいだな』と呟く。

サイズの大きい上着はエドの温もりが僅かに残っており、とても暖かった。

「ありがとう。でも、エドは寒くないの？　体調を崩さないか、心配だわ」

「大丈夫だ。俺は生まれてこの方、負傷以外で体調を崩したことがない。遠慮は不要だ」

丈夫な体を持っていると自慢げに語るエドは、上着越しに私の肩をギュッと握る。

『脱ぐことは許さん』と言わんばかりの態度に、私はクスリと笑みを漏らした。

そういえば、テオドールが以前、エドのことを『頭が悪い代わりに頑丈な体を持っている』と言っていたわね。

頭脳派のテオドールが太鼓判を押すほど頑丈なら、問題ないだろう。

有り難く上着を使わせてもらうことにした私は、『ありがとう』と再度お礼を言う。

そして、火照った体を冷ます間、エドと他愛のない話をした。

聖女試験のこと、聖夜祭のこと、マリッサとオーウェンに渡したプレゼントのこと……話したいことが多すぎて、なかなか話題は尽きない。

夢中になって、言葉を紡ぐ中────突然、バルコニーの扉が開いた。

あら？　おかしいわね。外に騎士を立たせておいた筈なのに……。

騎士に止められることも、取り次ぎを頼むこともせず、バルコニーに現れるなんて一体どういうこと？

特に物音はしなかったから、襲撃の線は薄い。もし、そうならエドが真っ先に気づいている筈だもの。

「────やあ、二人とも。お取り込み中、悪いね。ちょっとだけでいいから、師匠と話をさせてもらえないかな？」

そう言って、バルコニーに入ってきたのは────未来の皇太子である、ギルバート皇子殿下だった。

ニッコリと微笑む彼はバルコニーの扉を閉めると、数歩前に出る。でも、必要以上に近寄ってくることはなかった。

何でギルバート皇子殿下がここに……？　パーティー会場で、貴族達に捕まっていた筈じゃ……まさか、あの集団から逃れてきたの？

色んな意味で動揺を隠せない私は、『そこまでして、話したいことって……』と不安に思う。

でも、不思議と嫌悪感や不快感はなく……妙な緊張感だけが、私の胸に渦巻いた。

第七章

《ギルバートside》

『師匠と話がしたい』と申し出た私に、師匠は首を傾げる。

対するエドワードは、思い切り眉を顰めていた。

私には、二人の仲を引き裂こうとした前科があるからね。身構えるのも無理ないよ。

この程度の不敬は甘んじて、受け入れよう。

当然の報いだと肩を竦める私は、一定の距離を保ったまま、言葉を続けた。

「今回は本当に話をしに来ただけだよ。信じられないなら、エドワードも一緒に聞いてくれて構わない」

『敵意はない』とでも言うように両手を上げ、私は一歩後ろへ下がる。

低姿勢を貫く私に、エドワードは訝しむような視線を向けた。

「言われなくても、そうするつもりです。それで、用件は何ですか？　リーナが風邪を引いてしまた。


うので、手短にお願いします」

『長話するつもりはない』と言い切り、我が弟は師匠の肩を抱き寄せた。

自分のものだと必死にアピールする弟を前に、私は苦笑を浮かべる。

こうなったのは自分のせいだと自覚しているものの、ここまで警戒されると、さすがに悲しかった。

『私は猛獣か、何かか?』と呆れつつも、師匠と話す機会をくれたことに感謝する。

「ありがとう。心配せずとも、そこまで時間は取らせないから、安心して」

少しでもエドワードの警戒心を解こうと、私はふわりと柔らかく微笑んだ。

が、それは逆効果だったようで、可愛い弟に更に睨まれてしまう。

威嚇と呼ぶには生ぬるい威圧を掛けられ、私は苦笑いするしかなかった。

『早く本題に入れ』と視線だけで急かしてくるエドワードを前に、私は一つ息を吐く。

そして――――覚悟を決めると、サッとその場に跪いた。

「まずは謝罪をさせて欲しい。マナ過敏性症候群の治療で嘘の報告をして、すまなかった。それから、エドワードをわざと煽り、師匠に怪我を負わせたことも……全ては私の責任だ。本当にすまない」

今までずっと有耶無耶にしてきた事実を並べ、私は深々と頭を下げた。

言い訳もせず、ただ淡々と謝罪を述べる私に、師匠は驚いたように目を見開く。

まさか、謝罪の言葉を貰えるとは思っていなかったらしい。

謝罪一つで、師匠の関心を買えるなら、安いものだね。

だから――――最後の謝罪は後に取っておくよ。

唖然とする師匠を前に、私はゆっくりと顔を上げた。

自然と高鳴る鼓動に頬を緩めつつ、私は彼女に嘆願する。

「謝罪したばかりで申し訳ないけど――――最後にもう一度だけ、私のワガママを聞いて欲しい」

そう前置きしてから、私は熱の籠った眼差しで師匠を見つめた。

「師匠、私は――――君のことを愛している」

既婚者である師匠に、私は躊躇いもなく愛の言葉を投げ掛ける。それも、弟《夫》の居る前で……。

罪深いことをしている自覚はあった。でも……彼女への未練を断ち切るには、これしかなかった。

私はこれから、皇太子として……いや、次期皇帝として、マルコシアス帝国のことを第一に考えて行動しなければならない。

色恋にうつつを抜かしている場合では、なかった。

――――と、何度自分に言い聞かせても、私は師匠のことを忘れられない……。心のどこかで、師匠を渇望している自分が居る。

だから、振られると分かっていて師匠に告白した。この初恋を終わらせるために……。

好きな人に『終わらせてくれ』と懇願することしか出来ない自分に、心底腹が立つ。

でも、未練を抱えたまま、皇太子になるのは危険だった。

だって、このままいけば、私は――――皇太子の権力を自分のために使ってしまうだろうから。

恋に溺れた支配者ほど、怖いものはない。

『百害あって一利なしとは、まさにこのことだ』と自嘲する私は、胸の内に秘めた想いを吐露した。

「真面目で、優しくて、お人好しな師匠が私は大好きだ。『心配した』と怒る君も、『花が綺麗だ』と笑う君も、全部……本当に愛している。もし、叶うのならば――――君の笑顔を私だけに向けて欲しい。ダメかな？　師匠」

答えなど分かり切っているのに、私は最後の悪足掻きとして、告白の返事を求めた。

欲張りな私を前に、エドワードは何も言わない……物凄い形相で睨んではくるけど、『最後のワガママ』だと理解しているからか、口を挟むことはなかった。

肝心の師匠はと言うと……眉尻を下げて、かなり困惑している。

でも、こちらの意図はしっかりと理解しているようだった。

迷うように視線をさまよわせる彼女は、『どうするべきか』と思い悩むものの……最終的に腹を括る。

一度深呼吸して、気持ちを落ち着かせると、意を決して口を開いた。

「単刀直入に申し上げます。ギルバート皇子殿下のお気持ちには――――応えられません。私が愛しているのはエドワード・ルビー・マルティネス、ただ一人ですから。彼以外の男性を愛することは、一生ありません。よって、殿下の告白は丁重にお断りさせて頂きます」

ハッキリした物言いで、私の愛を拒絶した師匠は『申し訳ありません』と頭を下げた。

淡い期待すら抱けないほど、彼女の態度は淡々としていて……見事なまでに恋心を打ち砕かれる。

初めて味わう失恋のショックに、私は嘆くより先に感謝した。

この恋を終わらせてくれて、ありがとう。師匠のおかげで、未練も迷いも消え去った。これで、ようやく前に進める。

グッと拳を握り締める私は、失恋の痛みに目を細めた。

師匠を愛おしく思った分だけ、痛みは増していく。でも、不思議と悪い気はしなかった。

初恋の終わりをヒシヒシと感じながら、私はゆっくりと立ち上がる。そして、複雑な表情を浮かべる師匠に微笑みかけた。

「嫌な役を押し付けて、悪かったね――カロリーナ。話はもう済んだから、会場に戻るといい。寒い中、引き止めてしまって、すまなかった」

『どうぞ』と先を譲り、私はバルコニーの出入口へ、二人を促した。

いつもと違う呼び方に違和感でもあるのか、カロリーナはハッと息を呑む。

仏頂面を晒すエドワードも、悩ましげに溜め息を零した。

「……兄上は会場へ戻られないんですか？」

「私はもう少し風に当たってから、戻るよ。だから、気にせず先に行ってくれ」

『一人になりたい』と匂わせる私は、潤んだ目を瞬きで誤魔化す。

ここで泣くのはあまりにも女々し過ぎるし、頑張ってくれたカロリーナに失礼だった。

必死に涙を隠す私の前で、エドワードはそっと目を伏せる。

「……行こう、リーナ。このままでは、本当に風邪を引いてしまう」

すっかり冷えてしまったカロリーナの肩を抱き寄せ、エドワードはゆっくりと歩き出した。

魔法で周囲の温度を弄る弟は、甲斐甲斐しく妻の世話を焼きながら、私の横を通り過ぎる。

徐々に遠ざかっていく二人の足音を聞き流し、私はフッと肩の力を抜いた。

バルコニーの手すりに肘を置き、溢れ出そうになる涙を必死に堪える。

『一度泣いたら、止まらなくなる』と分かっているからこそ、泣く訳にはいかなかった。

また直ぐに会場へ戻って、貴族達に挨拶をしないと……涙の跡なんてあったら、確実に怪しまれる。

『しっかりしろ』と自分に言い聞かせ、私は深呼吸を繰り返した。

感情の制御に四苦八苦する中――――何もないところから、テオが姿を現す。

幻影魔法でずっと隠れていたのか、彼の服は少し濡れていた。

『溶けた雪の影響か』と呑気に考える私は、テオの登場にさほど驚かない。

テオは昔から、神出鬼没だからね。

最初こそ驚いたものの、もう慣れてしまった。

何食わぬ顔で隣に立つテオを横目に、私は苦笑いする。

「失恋した私を笑いに来たのかい？」

手すりの上で頬杖をつく私は、気を紛らわせるついでに適当な質問を投げ掛けた。

視線だけこちらに向けるテオは、数秒ほど間を空けてコクリと頷く。

「ええ、そうです」

冗談のつもりで投げ掛けた言葉を、テオは真顔で肯定した。

「ははっ！　テオは本当に性格が悪いね」

「貴方にだけは、言われたくありません」

サラリと嫌味を躱すテオは、呆れたように溜め息を零す。

頑張って笑おうとする私に、少なからず同情しているのか、普段より毒舌は控えめだった。

カロリーナやエドワードの代わりに私を元気づけに来たんだろうけど、素っ気ない態度は相変わらずだね。

まあ、大袈裟に慰められるより、ずっとマシだけど……。

だからと言って、失恋したばかりの女々しい男を笑いに来るのも、どうかと思うよ。

「ねぇ、テオ」

「はい、何でしょう？　ギルバート皇子殿下」

「せっかくだし、私の話に付き合ってよ」

「お断りします」

一瞬の躊躇いもなく皇族の申し出を一蹴したテオに、迷いはなかった。

『せめて、もう少し悩もうよ』と思いつつ、私はゆるりと口角を上げる。

「皇子命令だよ、テオ」

「……それは卑怯ですよ」

ジロリとこちらを睨みつけてくるテオは、『命令と言われてはどうしようもない』と肩を竦めた。

なんだかんだ優しい彼に頬を緩めつつ、私は庭園に目を向ける。

誰かに聞いて欲しくてしょうがなかった言葉や想いを一つ一つ噛み締めながら、ゆっくりと口を開いた。

「テオ、私はね――カロリーナのことを本当に愛していたんだ。神聖力の持ち主としてではなく、一人の女性として……」

『愛していた』と言う《過去形にする》には強すぎる感情を抱え、私は自覚した恋心を吐露する。

儚く散った初恋に思いを馳せ、泣かぬようにと目を閉じた。

「最初は『病の治療に役立つ神聖力の持ち主』を手放したくなかっただけかもしれない。でも、カロリーナの優しさや素顔に触れる度、『傍に居たい』『独占したい』という気持ちは高まっていった。そして、いつしか――私はカロリーナ自身を求めるようになっていたんだ」

目に焼き付けたカロリーナの笑顔を思い浮かべ、私はキュッと唇を引き結んだ。

絶え間なく溢れ出してくる想いは失恋の痛みを伴って、滴《したた》り落ちていく。

未練は断ち切った筈なのに、カロリーナを想う気持ちだけはなかなか消えてくれなかった。

「カロリーナを幸せにするのは、自分でありたい……自分だけを見て欲しい――そう思うようになったのは最近だけど、私は確かにカロリーナに恋をしていた。皇太子の地位を捨ててもいいと思えるくらい……」

長年追い続けた夢より、カロリーナの方が大事だと語り、私はそっと瞼を上げた。

隣に立つテオは複雑そうな表情を浮かべるものの、決して横から口を挟まない。ただ、『そうですか』と相槌を打つだけだった。

静かに話を聞いてくれるテオに甘え、私は薄汚れた本音を吐き出す。

「時々思うんだ。政略結婚の相手がエドワードじゃなくて、私だったら……カロリーナは私のことを好きになってくれたんじゃないか？　って……。分かっている、愚かな考えであることは……でも、その可能性にどうしても縋りたくなるんだ」

自分にもチャンスはあったのだと信じたくて、私は願望に近い仮説を口にする。

でも、カロリーナと両想いになれる自信はあまりなくて……『どう足掻こうと、結局エドワードの元へ行ってしまうのではないか』と不安になった。

仮定の話ですら、エドワードに勝てる気がしないなんて……何とも、情けない兄である。

「はぁ……エドワードのことが羨ましいよ。頑丈な体も、魔法の才能も、愛する人の気持ちも全て手に入れているのだから……」

『ついでに優秀な幼なじみも居るしね』と付け加える私は、心の底からエドワードのことを羨ましく思った。

ないもの強請りをする私に、テオは呆れたように溜め息を零す。

「どれだけ欲しがっても、他人の才能や気持ちは手に入りませんよ」

「そんなことは分かっているさ。でも、羨まずにはいられないんだよ……」

あらゆる面で恵まれた弟を見て、何も思わないほど、私は出来た人間じゃない。『そんなの狡い』と羨むくらい、許して欲しい。

初恋をきっかけに膨れ上がった劣等感や嫉妬心を抱え、私はフッと笑みを漏らした。

まるで、無様に敗北した自分を嘲笑うかのように……。

「エドワードは、よく出来た弟だよ。認めたくはないけど、カロリーナとお似合いだと思う。認めたくはないけどね」

同じことを二度も繰り返し、私は『絶対に届かない』と分かっていて、月に手を伸ばした。

「悔しいけど、カロリーナを幸せに出来るのはエドワードだけだろう。だから、私は静かに二人の幸せを願っているよ」

まだ二人の恋を応援することは出来ないけど、笑顔の絶えない日々を送って欲しいとは思っている。

少なくとも、『不幸になってしまえ』とは思わなかった。

手のひらを月に重ねる私は、『あぁ、やっぱり届かなかったか』と苦笑する。

当然の結果を目の当たりにして、虚しくなるのは何故だろうか……。

そっと手を下ろす私の横で、テオは『ふぅ……』と一つ息を吐いた。

「───純愛ですね……」

ボソッとそう呟いた彼は、呆れたように肩を竦める。

叶わぬ恋にここまでのめり込むなんて、アホらしいとでも思っているのか、小さく頭《かぶり》を振った。

純愛、か……確かにそうかもしれないね。

治療の件を除いて、私は一度もカロリーナに無理を強いたことがないから。

もしも、私が愛する人の幸せより、自分の欲望を優先するタイプなら……誘拐や監禁くらいはやっただろうね。

全てを投げ出しても構わないと思えるほど、好きだったから……まあ、カロリーナに嫌われたくないから、やらないけど。

『体だけ手に入っても意味がない』と呟き、私は冷えきった指先に息を吹きかけた。

感覚のない指先に苦笑し、チラリと後ろを振り返る。

微かに聞こえるオーケストラの演奏に耳を傾け、時間の流れを敏感に感じ取った。

「もうそろそろ、ダンスが始まる頃か……私達もいい加減、会場に戻らないといけないね」

「そうですね。変な勘繰りをされる前に、さっさと戻りましょう」

間髪容れずに頷いたテオは、バルコニーの出入口へと私を促す。

切り替えの早い彼は、結局最後まで慰めの言葉も励ましの言葉も言わなかった。

『テオらしい』と苦笑する私は、何とか自分を奮い立たせる。

失恋のショックはまだ残っているものの、話を聞いてもらえたおかげで、かなり楽になった。

もう泣きそうになることも、弱音を吐くこともないだろう。

「私は控え室で体を温めてから、会場へ戻るよ。私の話に付き合ってくれてありがとう、テオ」

労いの意味も込めて、テオの肩を軽く叩くと、私はバルコニーの出入口へ向かって歩き出した。

――――さあ、未練は全て断ち切った。あとは帝国の良き君主となれるよう、日々精進するのみ。

私にもう迷いはない。

《エドワード side》

リーナの冷えた体を魔法で温め、俺はパーティー会場へと戻った。

代わる代わる挨拶に来る貴族の相手をしつつ、暗い雰囲気のリーナに眉尻を下げる。

――――と、ここで挨拶の列が一度途切れた。

もうすぐ、ファーストダンスが始まる時間なので、みんな遠慮したのだろう。

「ギルバート皇子殿下は、まだ戻ってきていないのね……大丈夫かしら？」

キョロキョロと辺りを見回すリーナは、不安げに瞳を揺らした。

『もしかして、帰ってしまったのでは？』と悩む彼女に、俺は言葉を重ねる。

「大丈夫だ、リーナ。兄上は――――失恋程度で自分の役目を投げ出すほど、弱い人間じゃない。揺るぎない信念と皇族の誇りを持つ、尊きお方だ」

『必ず戻ってくる』と信じて疑わない俺は、真っ直ぐに前を見据える。

なんだかんだ言いながら、兄のことは信頼しているから。

不安がる素振りを一切見せない俺に、リーナは一瞬目を見開いた。

かと思えば、何かが吹っ切れたように柔らかく微笑む。

「そうね。ギルバート皇子殿下なら、きっと会場へ戻ってくる筈だわ。己の義務と責任を果たすために」

『余計な心配だったわね』と肩を竦める彼女に、俺はただ静かに頷く。

そして、第一皇子の不在に周囲の人々が気づき始めた頃――――兄は会場に姿を現した。

どこかで一度身嗜みを整えてきたのか、服も髪も綺麗なままである。

貴族達の声掛けに笑顔で応える兄は、『控え室で少し休んできた』と説明した。

「ファーストダンスにちゃんと間に合って、良かったわ」

「ああ、そうだな。でも、今度はパートナー選びに苦戦しそうだ」

「ファーストダンスのお相手は、特別な意味があるものね。まあ、ギルバート皇子殿下なら、何とかするでしょう」

そう言って、リーナは貴族令嬢に囲まれる兄から視線を逸らす。

刹那――――オーケストラが、曲を切り替えた。

鼓膜を揺らすメロディは聞き慣れたもので、社交ダンスでよく使われる曲の一つだった。

「――――リーナ」

俺は愛しい人の名を呼ぶと、組んだ腕を一度離す。と同時に、その場に跪いた。

「私と一曲、踊って頂けませんか？」

慣れない敬語を口にし、俺はそっと手を差し伸べる。

出来るだけ皇子らしく振舞おうと奮起する俺を前に、リーナは頬を赤くした。

照れ臭そうに俯く彼女は、一度深呼吸すると、ゆっくりと顔を上げる。

頬は相変わらず赤いままだったが、表情は明るかった。

「ええ、喜んで」

笑顔で頷いた彼女は、差し伸べた手に自身の手を重ねる。

いつもより温かい手に目を細めながら、俺は静かに立ち上がった。

そして、リーナの腰を抱き寄せると、演奏に合わせてステップを踏み始める。

この上ない幸福感に包まれる俺達は、それぞれダンスを楽しんだ。

そういえば、こうやってダンスを踊るのも久しぶりだな。

ここ数年、『烈火の不死鳥』団の任務で忙しかったから……まあ、噂を聞いた令嬢達に怖がられて、相手が見つからなかったというのもあるが……。

楽しそうにステップを踏むリーナの前で、俺は『たまにはダンスも悪くないな』と考える。

素直に楽しいと思える時間に酔いしれる中、曲の演奏は終わりを迎えた。

パートナーと向かい合って、お辞儀する俺は『あっという間の時間だった』と名残惜しく思う。

でも、リーナの体力を考えると、『もう一曲踊ろう』とは言えなかった。

「リーナ、そろそろ宮殿に戻ろう。ファーストダンスまで踊ったんだから、誰も文句は言わないだろう」

自然な動作でリーナの腰を抱き寄せると、俺は父上と母上に挨拶してから、会場を後にした。

そして、寄り道することなくリーナをエメラルド宮殿に送り届け、別れる――筈が、彼女に呼び止められる。

「せっかくだから、少し休んでいって。慣れないパーティーで、疲れたでしょう?」

自分もかなり疲労が溜まっているというのに、リーナは俺のことを気遣ってくれた。

『せめて、酔いが醒めるまで一緒に居よう』と提案する彼女に、俺は迷わず首を縦に振る。

「ああ、そうする。ありがとう」

愛する妻とまだ一緒に居たかった俺は、彼女の厚意に甘えることにした。

促されるまま部屋の中へ入り、来客用のソファに腰を下ろす。

マリッサをはじめとする侍女達は出払っているのか、リーナ自ら紅茶を淹れてくれた。

コトンッと自分の前に置かれたティーカップを前に、俺は僅かに目を細める。

「ありがとう、リーナ」

「どういたしまして」

ニッコリと微笑むリーナは、優雅な所作で俺の隣に腰を下ろした。

まだアルコールが残っているのか、彼女の体は火照ったまま……。

ほんのり赤く染まった頬や首を前に、俺はゴクリと喉を鳴らした。

これは、結構不味いかもしれない……俺、欲情しかけている。

欲望を抑えようにも、アルコールのせいで理性が上手く働かないんだよな……ちょっと飲み過ぎたか……？

『しばらく禁酒しよう』と考えながら、俺は紅茶を口に含む。

気を紛らわせるため、紅茶の味に集中する中、服の袖を引っ張られた。

「お味はどうかしら？　エドの口に合うといいのだけど」

そう言って、上目遣いでこちらを見つめるリーナに、悪気はない――――が、間が悪すぎた。

何とか繋ぎ止めていた理性の糸が切れ、俺は彼女をソファに押し倒す。

そして、彼女の首元に顔を寄せると、鎖骨に歯を立てた。

――――と同時に正気を取り戻す。

ハッとして顔を上げた俺は驚きのあまり固まるリーナを見下ろし、一気に青ざめた。

「わ、悪い！　リーナの承諾も取らずに、こんな……！」

『衝動に任せて無理やり事に及んでしまった』と、俺は謝罪の言葉を口にする。

反省と後悔に苛まれる俺を前に、リーナはパチパチと瞬きを繰り返した。

まだ状況を呑み込めていないのか、唖然としている。

でも、一分ほど掛けてようやく事態を理解すると、彼女は赤面した。

――――かと思えば、起き上がろうとする俺に手を伸ばし、制止する。

袖を掴む力は弱々しかったものの、『離さない』という意思は感じられた。

「だ、大丈夫だから気にしないで。私も、その……エドにもっと触れたいと思っていた、から」

若干声を上擦らせながらも、『自分も同じ気持ちだ』と主張する。

耳まで真っ赤にする彼女は、羞恥心に苛まれているようだが……決して目を逸らさなかった。

その場の勢いや同情心で言っている訳ではない、と示すように……。

……妻にここまで言わせておいて、何もしないなんて男じゃないな。俺も腹を括ろう。

テオドールにヘタレと罵られた自分自身を叱咤し、俺は立ち上がる。

すると、リーナは一瞬悲しそうな表情《かお》をした。

どうやら、夜の誘いを断られたと勘違いしたらしい。

俺がリーナの勇気を無駄にする訳ないのにな。

「ベッドに行こう。リーナの初めてをソファで散らせたくない」

ソファがダメという訳ではないが、初めてだからこそ、ちゃんとした場所を選びたかった。

『安全面を考慮しても、断然ベッドだろ』と考える俺の前で、リーナは嬉しそうな……でも、ちょっと照れ臭そうな表情を浮かべる。

無事誤解は解けたと見て、間違いないだろう。

ホッと息を吐く俺は、リーナに手を伸ばすと、そっと抱き上げる。

いつもより高い彼女の体温に目を細めながら、俺は寝室へ向かった。

そういえば、リーナの寝室に入ったのは初めてだな。房事の際はいつも、俺の寝室を利用していたから。

禁足地へ足を踏み入れてしまったような背徳感と高揚感に見舞われる俺は、思わず興奮してしまう。

今にも切れそうな理性の糸を繋ぎ止めつつ、俺はベッドの上にリーナを下ろした。

そして、隣に腰を下ろすと、彼女の頬や肩にそっと触れる。

『焦らず、ゆっくり』を心掛ける俺の横で、彼女はクスリと笑った。

かと思えば、『好きにしていいよ』とでも言うように両手を広げる。

そんなことをされては、理性を保てる訳もなく――俺はリーナを押し倒した。

「出来るだけ、優しくする」

そう言って、彼女の頬を撫でる俺は、噛み付くようなキスをする。

『んっ……』と吐息を漏らす彼女に目を細めながら、俺は服に手を掛けた。

◇◆◇◆

――翌朝、寝苦しさから目を覚ました私はゴシゴシと目を擦る。

『今、何時だろう？』と考えながら、身を捩るものの……全く身動きが取れない。

何かにがっしりと腰を掴まれているようで、寝返りすら打てなかった。

寝起きでぼんやりする意識の中、私はキョロキョロと辺りを見回す。

そして――背中に回った逞しい腕を見るなり、一気に頬を紅潮させた。

そ、そうだった……！　確か、昨日エドと――夫婦の営みをしたんだわ！

昨夜の出来事を思い出し、私は嬉しいやら恥ずかしいやらでいっぱいになる。

でも、不快感や嫌悪感は一切なくて……満ち足りた気分になった。

だって、エドはなかなかキス以上のことをしてくれなかったから……。

私のことを大切にしてくれているのは分かっていたけど、やっぱり少し不安だった。

私に魅力がないんじゃないか、って。

だから、昨日初夜を迎えられて……私を女性として意識してくれて、凄く嬉しい。

本当の意味で夫婦になれたような気分になる私は、笑みを零す。

安堵や歓喜といった感情に満たされながら、私を抱き締めたまま眠るエドに目を向けた。

普段は冷たいポーカーフェイスなのに、寝顔は意外と可愛いわね。まるで、子供のようだわ。

『あどけない』と表現すべき寝顔を前に、私は目を細める。

『エドの新しい一面を知れて嬉しい』と思う中、私はふとあることに気がついた。

そういえば――体が全然痛くないわね。特に倦怠感もないし……エドが色々気を遣ってくれたおかげかしら？

終始、優しく接してくれたエドのことを思い出し、私は僅かに頬を緩める。

自分だって辛いだろうに、エドはずっと私を優先してくれた。

自分のことなんか、そっちのけで。

初夜の時だけじゃない。エドはいつも、そう……私のことを一番に考えてくれる。

自分に自信を持てるようになったのも、過去を乗り越えられたのも、全部エドのおかげよ。

貴方に愛されなければ、私はきっと変われなかった。

「ねぇ、エド――私を愛してくれて、ありがとう」

今ある幸せを実感しながら、私は愛する旦那様に精一杯の感謝を伝える。

まあ、相手は眠っているので聞いていないだろうが――と、思いきや……エドはパチッと目を覚ました。

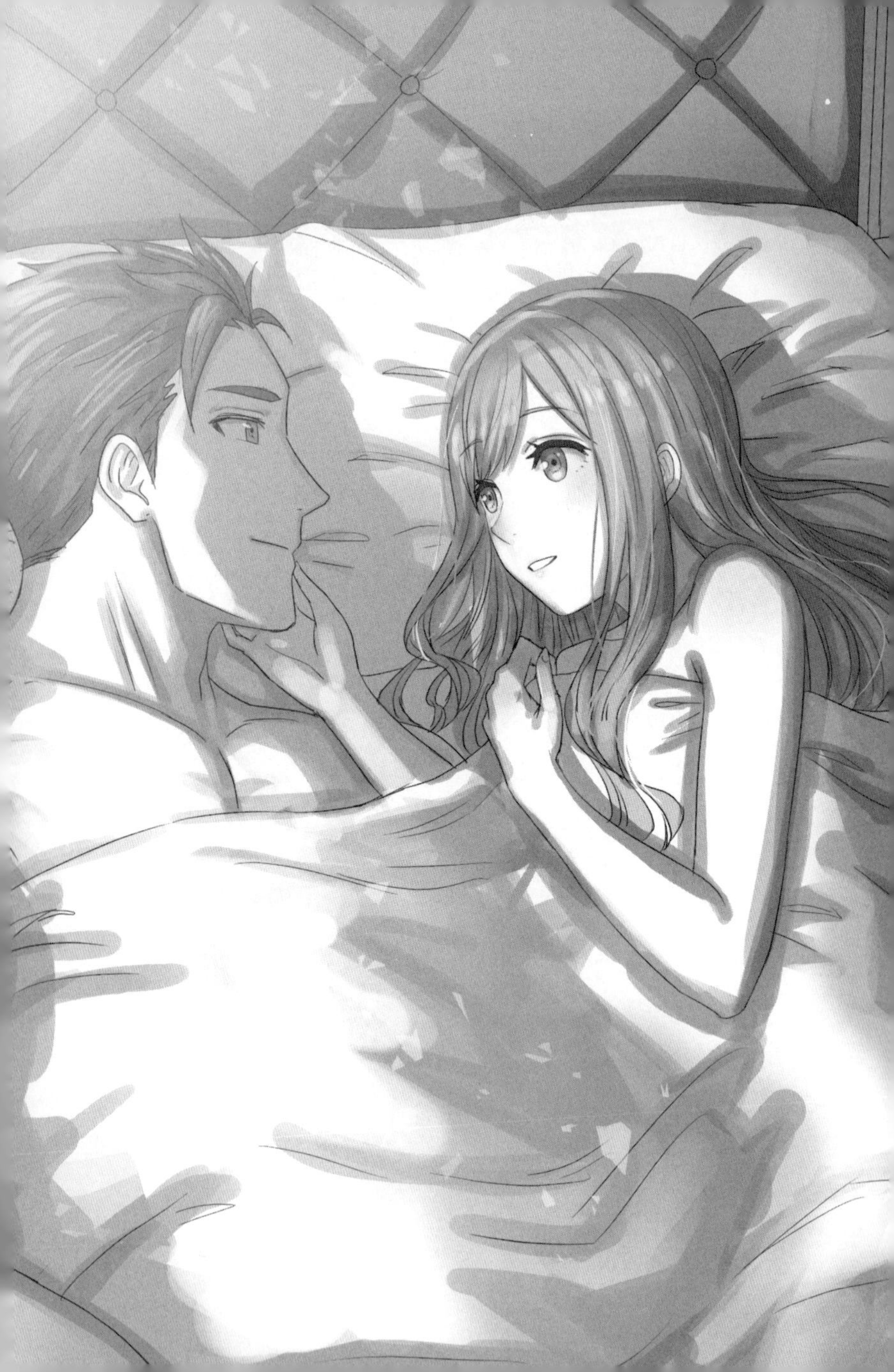

「それは俺のセリフだな――他の誰かじゃなくて俺を選んでくれて、ありがとう。愛している」


掠れた声で愛を囁くエドは寝起きにも拘わらず、とても甘い。

惜しむことなく愛情を注いでくれる彼に、私は柔らかく微笑んだ。

「私も愛しているわ、エド」

「ああ、ありがとう」

幸せそうに微笑むエドは、私の額にキスを落とした。

柔らかい唇の感触に目を細め、私は『ふふっ』と楽しげに笑う。

そして、好きな人に愛される幸せを今一度噛み締めた。

書き下ろし番外編　結婚記念日

季節は冬から春へと移り変わり、マルコシアス帝国に来てから一年の歳月が過ぎた。

『あっという間の一年だった』としみじみ思う中、一回目の結婚記念日を迎える。

仲のいい私達夫婦としては、是非ともお祝いしたいところだが――エドは『烈火の不死鳥』団の仕事で忙しかった。

テオドール曰く、冬眠を終えた魔物達があちこちで暴れ回っているらしい。

私の神聖力で魔物を牽制しているとはいえ、効果範囲は限られているものね。

大陸のほとんどを手中に収めるマルコシアス帝国に、神聖力を隅々まで行き渡らせるのは難しい。

セレスティア王国は小国だから、全領土に神聖力を送ることが出来たけど……。

未だに魔物討伐の仕事が絶えない現状に、私は一つ息を吐く。

遠征に行ってしまったエドの姿を思い出し、『記念日くらい一緒に過ごしたかった』と零した。

いや、ワガママを言っちゃダメよね。

結構記念日を祝いたい気持ちは、エドも一緒でしょうし……。

『妻として、夫の仕事に理解を示さなきゃ』と思い、私は会いたい気持ちをグッと堪える。

そして、自室のソファに腰を下ろすと、ラッピングされた箱にそっと触れた。

一応、結婚記念日に間に合うようプレゼントを用意したけど……渡すのは、まだ先になりそうね。

毎日少しずつ縫って、作り上げたフェルトの人形を思い浮かべ、私は『もう一体、作ろうかな』と考える。

先日完成させた人形は不死鳥を象ったもので、なかなかの出来栄えだった。

まあ、ここまで上達するのに紆余曲折あった訳だが……。

人形を作ったのは初めてだから、三体くらい失敗しちゃったのよね。

『おかげでかなり時間が掛かってしまった』と思案しつつ、私は部屋の片隅に目を向ける。

そこには翼の形がおかしかったり、縫い目を間違ったりした三体の人形が置いてあった。

捨てるのは忍びなくて、棚の上に飾ったのよね。

なんだかんだ、愛着が湧いちゃったし。

何より、ここまで上達出来たのはあの子達のおかげだから。

成長の過程が窺える三体の人形を前に、私はゆるりと口角を上げる。

作った時の苦労やらなんやらを思い出していたら、無性に人形が作りたくなり、私は席を立った。

「ねぇ、マリッサ。新しいフェルトと針を用意し……」

『用意してちょうだい』と続ける筈だった言葉は、コンコンコンッというノック音に遮られた。

反射的に口を閉ざす私は、壁際に立つオーウェンへ目を向ける。

『通しても大丈夫？』と視線だけで問い掛けると、彼はちょっと笑って頷いた。

どこか含みのある笑みに、私は首を傾げつつも視線を前に戻す。

「どうぞ」

「――――失礼する」

こちらの声に呼応し、部屋の扉を開け放ったのは――――他の誰でもないエドだった。

帰還して直ぐにこちらへ来たのか、服装は鎧のままでところどころ汚れている。

でも、そんなの気にならなかった。だって、一ヶ月ぶりにエドと会えたのだから。

「おかえりなさい、エド……！」

まさか結婚記念日に会えるとは思っていなかったので、私は人目も憚らずエドに抱きついた。

感極まって泣きそうになる私を前に、彼は穏やかな声で言葉を紡ぐ。

「ああ。ただいま、リーナ。遅くなってしまって、すまない。本当はもっと早く帰るつもりだったんだが……魔物の数が思ったより多くてな。少し手間取った」

優しい手つきで私の頭を撫でながら、エドは『会いたかった』と零す。

「少し出遅れてしまったが、結婚記念日を一緒に祝わせてくれ」

そう言って、エドは指輪ケースほどの小さな箱を取り出した。

かと思えば、箱の蓋を開け、こちらに中身を見せる。

反射的にそちらへ視線を向けると、そこには――――ルビーのピアスがあった。

「リーナ。とある国では、同じピアスを男女片方ずつ付けるという文化があるらしい。なんでも、左側が守る者、そして右側が守られる者という意味を持つそうだ。だから――――」

そこで一度言葉を切ると、エドはその場に跪いた。

「――このピアスの片方を右耳に付けてくれないか？　俺は左耳に付けるから」

真っ直ぐにこちらを見つめるエドは、『リーナを一生守らせて欲しい』と口にする。

まるでプロポーズのような言動に、私は頬を紅潮させた。

と同時に、幸福感や充実感でいっぱいになって……涙を零す。

どうしても、感情を抑え切れなかったのだ。

「ええ、もちろん……！」

嬉し泣きで応じる私は、溢れんばかりの笑みを零す。

喜びを体現する私に、エドはスッと目を細めると、おもむろに立ち上がった。

「なあ、リーナの分は俺が付けてもいいか？」

「ええ。じゃあ、エドの分は私が付けるわね」

箱の中にあるピアスを一個ずつ手に取り、私達はそれぞれ順番に取り付ける。

身長の問題でエドの耳に手が届かなかったが、最終的に屈んでもらい、何とかピアスを装着出来た。

互いの耳に注目する私達は『お揃い』という事実に喜び、表情を和らげる。

「リーナ、よく似合っている」

「ふふふっ。ありがとう。エドも素敵よ」

デザインがシンプルだからか、男性のエドにもピッタリで格好良かった。

『これなら普段使いしても問題なさそう』と考える中——私はふと人形の存在を思い出す。

あっ、そうだった！　早くプレゼントを渡さなきゃ！

『せっかくラッピングまでしたんだから』と思い立ち、私は黄金の瞳を見つめる。

「ねぇ、エド」

「どうした？」

「実は私もプレゼントを用意していたの。貰ってくれる？」

「もちろんだ」

間髪容れずに頷いたエドは『リーナからのプレゼント……』と呟き、ソワソワし始めた。

待ち切れない様子の旦那様に、私はクスクスと笑みを漏らし、『ちょっと待ってて』と声を掛ける。

そして、テーブルの上にあるプレゼントを回収すると、エドに差し出した。

「大したものじゃないかもしれないけど……喜んでくれたら、嬉しい」

「リーナのプレゼントなら、何でも嬉しい。ありがとう」

こちらの心配を吹き飛ばすように、エドは言葉や態度で喜びを露わにする。

見えない尻尾を左右にブンブン振りながら、プレゼントを受け取った。

「今、開けてもいいか？」

「ええ、もちろん」

『どうぞ』と促せば、エドは嬉々として包装紙を剝がした。

慎重な手つきでラッピングを解いたからか、プレゼントには傷一つ付いていない。

『いや、そこまで丁寧に扱わなくても……』と苦笑する中、エドは箱に手を掛けた。

そして、一思いに蓋を開けると、僅かに目を見開く。

「不死鳥の人形か？　よく出来ているな」

感心したように呟くエドは、手乗りサイズの人形をまじまじと見つめる。

汚れることを恐れているのか触ることはせず、ただ箱を抱き締めるだけ。

その姿は宝物を貰った少年のようで、微笑ましかった。

「一生大切にする。素敵なプレゼントをありがとう、リーナ」

「いいえ、こちらこそ」

右耳に付けたルビーのピアスに触れ、私はニッコリと微笑む。

すると、エドも表情を和らげた。

一年前に見た、春の木漏れ日のような笑顔に私は『頑張った甲斐があったわね』と達成感を得る。

――――その後、私達は身支度を整えてから街に繰り出し、楽しい一時を過ごした。

書き下ろし番外編　会いたい《エドワード side》

――結婚記念日の早朝。

俺は早く帰りたい気持ちをグッと堪えて、魔物討伐に勤しんでいた。

絶え間なく溢れ出てくるゴブリン達を斬り伏せ、奴らの巣穴に炎を放つ。

すると、森の奥にある洞窟は火の海となり、残党を燻り出した。

『ギャー！』と悲鳴を上げながら転げ回る奴らは、体に燃え移った炎を消そうと躍起になる。

まあ、そんなことをしても無駄だけどな。

魔法で作られた炎は通常のものと違って、丈夫だから。

湖にでも飛び込まない限り、消えないだろう。


「全員、一旦下がれ！　このまま一気に焼き尽くす！」

周囲に散らばる団員達に避難を呼びかけ、俺はゴブリン達に鋭い視線を向けた。

『さっさと殲滅して、リーナの元へ帰る』と決意しながら、紅蓮の炎を発現させる。

そして、団員達の撤退を見届けると、辺り一面に炎を撒き散らした。

「ちょっ……これはさすがに不味いですよ、団長！　山火事にでもなったら、どうするんですか！」

ギョッとしたような顔でこちらに詰め寄ってくるコレットは、戸惑いを露わにする。

『始末書どころの騒ぎじゃない……』と青ざめる彼に、俺は迷わずこう答えた。

「構わん。この際だから、全焼させて魔物の住処を奪う」

『ゴブリンの蔓延《はびこ》る森など必要ないだろ』と吐き捨てる俺は、どんどん火力を上げていく
――が、何者かによって炎を打ち消されてしまった。

「――はぁ……全く、何をやっているんですか？」

聞き覚えのある声につられ、視線を上げると、そこには宙に浮かぶテオの姿があった。

風を纏う彼は呆れたように頭《かぶり》を振りながら、地上に降り立つ。

見事に黒焦げとなった森を見つめ、『はぁ……』と溜め息を零した。

「幾らなんでも、やりすぎですよ」

「消し炭にならなかっただけ、マシだろ」

『当初の予定ではそうする筈だった』と匂わせ、俺はテオの小言を聞き流す。

そして、辺りに立ち上る煙を剣の一振りで掻き消すと、ゴブリン達に目をやった。

先程の攻撃で粗方倒してしまったのか、息をしている者は居ない……ように見える。

ゴブリンはずる賢いやつだから、死んだフリをしているかもしれない。

油断は出来ないな。

「……生存確認なんて、面倒だ。手っ取り早く、焼き尽くすか」

「いや、ダメですよ。もっと自然を大切にしてください」

時間が掛かることを恐れる俺に対し、テオは『我慢してください』と言い放つ。

普段なら、素直に引き下がるところだが……生憎、今日はそうもいかない。

「自然保持より、リーナの方が大事だ。こいつらのせいで結婚記念日に間に合わなかったら、どうしてくれる」

今日のためにプレゼントまで準備した俺は、一歩も引かなかった。

懐にある箱へ手を伸ばし、『絶対に遅れる訳にはいかないんだ』と主張する。

強固な姿勢を見せる俺に、テオは一つ息を吐くと、何かの紙を取り出した。

「今回は特別に転移魔法で送ってあげますから、仕事に集中してください」

座標計算のために使われたと思われる書類をこちらに見せ、テオは眼鏡を押し上げる。

難しそうな数字の羅列を前に、俺は少しだけ冷静になった。

たとえ、今すぐ出発したとしても到着は夕方頃になる……でも、テオの転移魔法ならもっと早くリーナの元へ行けるだろう。

もちろん、仕事さえちゃんと終わればの話だが……。

「分かった。もう少し自然に気を配りながら、仕事する。だから、テオは転移用の魔法陣を……」

「それはもう完成しているので、ご安心ください。汚れたり、破れたりしないよう亜空間収納に保管しているだけです。なので────丁寧且つスピーディーに仕事を終わらせましょう」

『皆で力を合わせれば、直ぐに終わりますよ』と言い、テオは風の刃を顕現させる。

「これまで通り、全てのゴブリンの首を刎ねてください。たとえ、死体であってもです。奴らは死んだフリが得意なので」

『念には念を』と口にするテオは、団員達に指示を出した。

刹那――――団員達は一斉に駆け出し、ゴブリン達にトドメを刺していく。

俺とリーナの結婚記念日を気にしているのか、いつもより手際が良かった。

少しでも早く終わるよう、皆協力してくれているのか。

「有り難いな」

「そう思うなら、もう二度とあんな真似はしないでくださいね。貴方はいつも自分一人の力でどうにかしようとして、暴走するんですから。もっと周りを頼ってください」

『貴方の力になってくれる者達はこんなに居るんですよ』と主張するテオに、俺は小さく頷く。

「ああ、そうだな……暴走して、悪かった」

『これからは気をつける』と約束し、俺は剣を構え直した。

と同時に、近くのゴブリンへ歩み寄り、その首を刎ねる。

テオも風の刃を駆使して、次々とゴブリンの首を切断していった。

皆、休まずに働いてくれたおかげかゴブリンの討伐は思ったより早く終わる。

「最終チェックはこちらでやっておきます。なので、エドワード皇子殿下はもうお帰りください」

「えっ……？　いいのか？」

「年に一度の結婚記念日ですからね。これくらい、構いませんよ」

小さく肩を竦めるテオは、亜空間収納から魔法陣の描かれた紙を取り出す。

そして、紙を地面に置くと、俺の手をおもむろに掴んだ。

かと思えば、大量の魔力を魔法陣に流し込んでいく。

魔力の吸収に応じて、輝きが増していく魔法陣を前に、テオは目を閉じた。

「――――転移します」

その言葉を皮切りに、俺達の体は眩いほどの光に包まれ、エメラルド宮殿へ転移する。

見覚えのある家具や調度品を一瞥し、俺達は繋いだ手を離した。

「では、私はあちらへ戻ります」

「ああ、あとは頼む」

「畏まりました」

『お任せください』と自信ありげに笑うテオは、亜空間収納からもう一枚紙を取り出す。

恐らく、あちらに戻るための魔法陣が描かれているのだろう。

「見送りはいいので、早くカロリーナ妃殿下の元へ行ってあげてください。きっと、寂しがっていますよ」

二階に続く階段を見やり、テオは『ほら早く』と急かす。

何から何まで気の利く幼馴染みに、俺は目を見張った。

『やっぱり、テオは凄いな』と思いながら。

「分かった。ありがとう」

「いえいえ。それでは、どうぞ素敵な時間をお過ごしください」

いつになく柔らかい表情を浮かべるテオは、恭しく頭《こうべ》を垂れる。

『カロリーナ妃殿下によろしくお伝えください』と述べる彼に一つ頷き、俺は階段を駆け上がった。

身嗜みなど気にせずリーナの自室へ直行し、観音開きの扉を見上げる。

やっと、リーナに会える……！

達成感や幸福感に満ち溢れる俺は、この扉の向こうに居るであろう妻の姿を想像した。

その途端、会いたい気持ちが一気に高まり、扉を蹴破りたい衝動に駆られるが……何とか堪える。

『感動の再会に暴力沙汰はダメだ』と自分に言い聞かせ、大きく深呼吸すると——扉を三回ノックした。

書き下ろし番外編　立太子《ギルバート side》

――××××年　九月二十三日。

全ての貴族に召集命令が掛けられ、謁見の間で顔を揃えていた。

玉座へ続くレッドカーペットの両脇に立ち、それぞれ真剣な面持ちで前を見据えている。

彼らの視線の先には、玉座の前で跪く私の姿があった。

「――ギルバート・ルビー・マルティネス、そなたを未来の君主と定め、皇太子の座を与える。良き王となれるよう、日々精進しなさい」

そう言って、サファイアの埋め込まれた冠を差し出すのは――私の父であり、マルコシアス帝国の皇帝であるエリック・ルビー・マルティネスだった。

普段の温厚さが嘘のように厳かな雰囲気を放つ彼は、雲の上の存在のように思える。

これが自分の目指すべき目標なのかと思うと、気が遠くなり……私は身を強ばらせてしまった。

あと何年……いや、何十年で私は父上のようになれるだろうか。

次期皇帝という立場から見える父の大きな背中に、私は少し気後れしてしまう。

でも、不思議と『出来ない』とは思わなくて……絶対に成し遂げるという使命感が、心を満たしていた。

「皇太子の座、確かに頂戴しました。帝国の主エリック・ルビー・マルティネスの子孫として恥じない行いを心掛け、帝国の未来を明るく照らせるような太陽となれるよう、日々励みます」

確かな意志と覚悟を持って宣言した私は、恭しく頭《こうべ》を垂れる。

すると、父自ら冠を被せてくれた。

皇太子としての責任や義務を表すかのように、冠はとても重い。

まあ、皇帝に代々受け継がれるルビーの王冠ほどではないだろうが……。

「皆の者、マルコシアス帝国の新たな皇太子の誕生を祝ってくれ」

父は私の手を引いて立ち上がらせると、貴族達に……いや、帝国の民達にそう言った。

刹那、盛大な拍手が巻き起こり、どこからともなく祝福の言葉を掛けられる。

立太子の様子を魔道具で中継していたからか、城下からも歓声が上がり、お祭り騒ぎとなった。

窓越しに見える綺麗な花火や人々の笑顔を前に、私は思わず頬を緩める。

「ありがとう。皆《みな》の期待に応えられるような君主になるよ」

帝国中から祝福を受け、何でも出来るような心境に陥る私は自信ありげに笑う。

どんな困難に直面しても、今日の出来事を思い出せば乗り越えられそうだ。

勇気という名の気力に満ち溢れ、私は明るい未来を見据える。

『今より、いい国にしてみせる』と決意する中、父は片手を上げて拍手や歓声を収めた。

――――と、ここで観音開きの大きな扉が開く。

そして、扉の向こうから姿を現したのは――教会のトップである、メルヴィン・クラーク・ホワイト教皇聖下だった。

祭服に身を包む彼は、ゆったりとした足取りでレッドカーペットを進んでいく。

聖下の登場に唖然とする貴族達を置いて、僕達の前に来ると、サッと跪いた。

「帝国の未来の主に、神の祝福をお伝えに参りました」

深々と頭を下げる教皇聖下は、『祝辞のために来た』と明かす。

その瞬間、周囲の人々はどよめき、動揺を露わにした。

即位式ならまだしも、立太子で教皇聖下から祝辞を受けることは稀だからね。

帝国の歴史でも、恐らく二回くらいしかない。驚くのも無理はないだろう。

教会と皇室の良好な関係を示すため加えられた演出に、私は『効果覿面みたいだね』とほくそ笑む。

これほどの反響があれば、私の地位を固める一助となってくれるだろう。

まあ、それを抜きにしても教皇聖下に立太子を祝ってもらえるのは嬉しいけど。

だって、彼はマナ過敏性症候群に苦しむ私を何度も救ってくれた人だから。

皇帝への道を諦めず、ここまで来られたのも聖下のおかげだよ。

貴方が居なければ、私はきっと全てを諦めて自死していた。

肉体的にも精神的にも厳しかったあの頃を思い出し、私はスッと目を細める。

感謝の念でいっぱいになる私を他所に、父はそっと身を屈めた。

「感謝する。是非、一緒に我が息子の輝かしい未来を祝って欲しい」

「はい、もちろんです」

父の手を借りて立ち上がった教皇聖下は、ふとこちらに目を向ける。

いつもと変わらない穏やかな眼差しに、私は何故だか無性に泣きたくなった。

「帝国の未来の主ギルバート・ルビー・マルティネス。貴方は優しく、聡明なお方です。弱き者を助け、強き者を味方につける……そんな道を選べる貴方なら、きっとマルコシアス帝国の良き君主となれるでしょう。ですから、どうかその高潔さを忘れず、この国を……いえ、民を導いてください。神の御心が、いつも貴方の傍にありますように」

一語一語心を込めて言う教皇聖下は、最後に『おめでとうございます』と頭を下げる。

すると、会場内は一気に賑やかになり、拍手と歓声で満たされた。

子供のようにはしゃぐ人々を他所に、教皇聖下は顔を上げる。

泣き笑いに近い表情でこちらを見つめる聖下は、どことなくスッキリした様子だった。

「ギルバート皇子殿下の晴れ姿を拝見出来て、満足です。いつ死んでも、悔いはありません」

喧騒に紛れて聞こえる聖下の言葉に、私はそっと眉尻を下げる。

「そんな悲しいことを言わないでおくれ。私には、まだ聖下が必要なのだから。長生きしてくれないと、困るよ」

『肩の荷が下りたと安堵するのはまだ早い』と言い、教皇聖下の手を優しく握る。

聖下もいい加減歳なのだから、そろそろ休ませてあげるべきだとは分かっているが……まだ傍に居て欲しかった。

珍しく駄々を捏ねる私の前で、教皇聖下は『ふふふっ』と笑う。

「皇太子殿下のお願いとあらば、仕方ありませんな」

おどけたように肩を竦める教皇聖下は、私の手を握り返してくれた。

伝わってくる温もりと優しさに、私は目を細める。

「ああ、よろしく頼むよ。私の作る国《未来》を見届けておくれ」

『後悔はさせない』と約束し、私は無邪気に笑った。

書き下ろし番外編　母のお墓参り《フローラ side》

――聖夜祭の出来事から約五年の歳月が流れ、私は父の元で多くのことを学んだ。

時には大きな壁にぶつかることもあったけれど、努力を重ねて乗り越えてきた。

そのおかげで私の夢は少しずつ現実になり、確実に理想へ近づいている。

これなら、少しはカロリーナに認めてもらえるかもしれないわね。

もちろん、この程度で許されるとは思っていないけど。

『完全に夢を実現出来たら父経由で報告してもらおう』と心に決めつつ、私はその場に跪く。

そして、目の前にある母のお墓を見上げた。

「ご無沙汰しております、お母様。前回の訪問から、随分と間が空いてしまってごめんなさい。後継者教育や文官の仕事で忙しくて……でも、そのおかげでようやく良い結果を出せました」

『今日はその報告に来たんです』と言い、隣に居る父へ視線を向けた。

すると、父は穏やかな笑みを零し、小さく頷く。

『是非報告してやってくれ』と後押しする父に促され、私は前を向いた。

「実は――――先日、サンチェス公爵家の当主になりましたの。残念ながら宰相の地位はまだお父様のものですけど、王位継承《世代交代》と共に引き継ぐ予定ですわ。もちろん、それがゴールだとは思っていません。むしろ、スタートだと思っています」

　嬉しい報告を口にする私は母の喜ぶ姿を想像し、自然と笑顔になる。

「カロリーナへの贖罪とセレスティア王国の未来のため、より一層精進して参ります。なので、どうか見守っていてください」

　そう言って、私は胸に抱いたカーネーションの花束をお墓に添えた。

『天国に居る母は花言葉に気づいてくれるだろうか』と期待する中、父が口を開く。

「カレン、お前の産んだ娘達は立派に成長したぞ。もう父親《わたし》に出来ることは、なさそうだ」

　残念そうに肩を竦める父は、切なげに笑う。

　きっと、私とカロリーナ《私達》の成長が嬉しくもあり、寂しくもあるのだろう。

成長した雛はやがて、親元を離れて《巣立っ》いくものだから。

「あら、そんなことはありませんわ。お父様には、これから先もずっと私達の成長を見守って頂かなくては――――天国に居るお母様と同じように」

『何かを手助けすることだけが親の役目ではない』と主張し、父と向き合った。

「確かにもう手の掛かる年頃ではありませんが、だからと言って親子の縁が切れた訳ではありません。幾つになっても、私とカロリーナはお父様とお母様の娘です。それだけは絶対に何があっても、変わりません」

『家族の絆はずっと続いていく』と断言し、私はエメラルドの瞳を真っ直ぐに見つめる。

そして、はにかむように微笑んだ。

「それに――これからは、私達が頑張る番です。子育てと真剣に向き合ってくれたお父様と、私達を産んでくれたお母様に精一杯親孝行しますね」

『今までお世話になった分、お返ししないと』と張り切る私に、父はスッと目を細める。

先程までの暗い雰囲気が嘘のように息を吹き返した父は、穏やかに微笑んだ。

「それは楽しみだな。親孝行というなら、当然孫の顔は拝ませてくれるのだろう？」

「えっと……それはカロリーナに期待しましょう」

『私には仕事が……』と言い淀むと、父は声を上げて笑う。

『冗談だ』と告げる父に、私は少しムッとするものの……なんだか馬鹿らしくなって、つい吹き出してしまった。

こうやって、お父様と笑い合う日が来るとは思わなかったわ。

以前の私なら、きっと『淑女にあるまじき行為だ』と自分を責めていたでしょうけど……今はこんな自分も悪くないと思える。

だって、今――凄く楽しいもの。

『幸せって、こういうことを言うのね』と実感しつつ、私はお墓に目を向ける。

きっと天国に居る母も一緒に笑っているだろう、と思いながら。

そして、この日――私は初めて、『笑い過ぎて涙が出る』という経験をした。

あとがき

『無自覚聖女は今日も無意識に力を垂れ流す4　今代の聖女は姉ではなく、妹の私だったみたいです』をお手に取って下さり、ありがとうございます。

作者のあーもんどです。


既にお分かりかと思いますが、本作はついに最終巻を迎えました。

無事完結できたのも、読者の皆様のおかげです。心より、お礼申し上げます！

正直、「いつ打ち切りになってもおかしくないな」と思っていましたので……。

二巻の売り上げ（あくまで私個人の分析）を見たときは、本気で「終わった……」と絶望しました。

なので、続刊する運びになったときは驚きましたね。

GOサインを出してくださったアース・スターさんには、感謝しかありません。

その上、コミカライズまでして頂いて感無量です。

（作画を担当してくれているえとうヨナ先生が、これまた凄い方で……！

絵は綺麗だし、お話は分かりやすく&面白くまとまっているし、センスはずば抜けているしで、本当に素晴らしい漫画家さんなんです！

「まだコミック読んでないよ」って方は、無料公開されている分だけでも是非ご覧くださいませ！）


そして、これは本シリーズ最大の裏話ですが……実はフローラの末路について、最後までどうするか悩んでいました。

凄惨なザマァ系にした方がいいんじゃないか。

いや、でも……カロリーナの性格や物語の雰囲気を考えると、改心系の方が合うのでは？

この問題（姉妹間のいざこざ）の落とし所って、どこなんだろう？

――――と、何度も自問自答しては胃をキリキリさせて来ました。

正直原稿を書き上げた今でも、これで良かったのか確信は持てません。

ただ、あんべよしろう様の描くカロリーナの笑顔やえとうヨナ先生の紡ぐ優しい物語（本作のコミカライズ）を見ていると、「やっぱりみんな仲良く終わる方がいいよな」と思えます。

（絵の力って、凄いですよね！）

ちょっと脱線してしまいましたが、本作の裏話はこれで以上となります。


また、最終巻の各種ＳＳについて。

今回のＳＳは、「キャラクター達のその後」をテーマに書きました。

もし、本編終了後の様子が気になりましたら、巻末SSや特典SSをご覧ください。

それぞれ幸せそうに暮らしているキャラクター達を見て、ほっこり出来ると思います。


さて、ここから先は謝辞になります。

仕事を応援してくれるお父様。普段はクールだけど実は優しいお兄様。いつも私に元気をくれる創作仲間様。いつも、ありがとうございます。

私のこだわりやワガママに根気よく付き合ってくださった、イラストレーターのあんべよしろう様。

新人作家だった頃、色々とお世話になった担当編集者様をはじめ、本の制作に携わってくれた全ての方々に感謝致します。

そして、この本をお手に取って下さいましたあなた様。最後まで本当にありがとうございました。

『無自覚聖女は今日も無意識に力を垂れ流す4』

最後までありがとうございました！

あんべよしろう

師をしていたアオイは異世界に転移した。
森の賢者に拾われて魔術を教わると
あっという間にマスターしたため、
さらに研究するよう薦められて
世界最大の魔術学院に教師として入ることに。
しかし、学院には権力をかさに着る
貴族の問題児がはびこっていた——
異世界転移して
教師になったが魔女と
恐れられている件
井上みつる
Illustration 鈴ノ
1〜4巻
好評発売中!
特集ページはこちら!
EARTH STAR LUNA

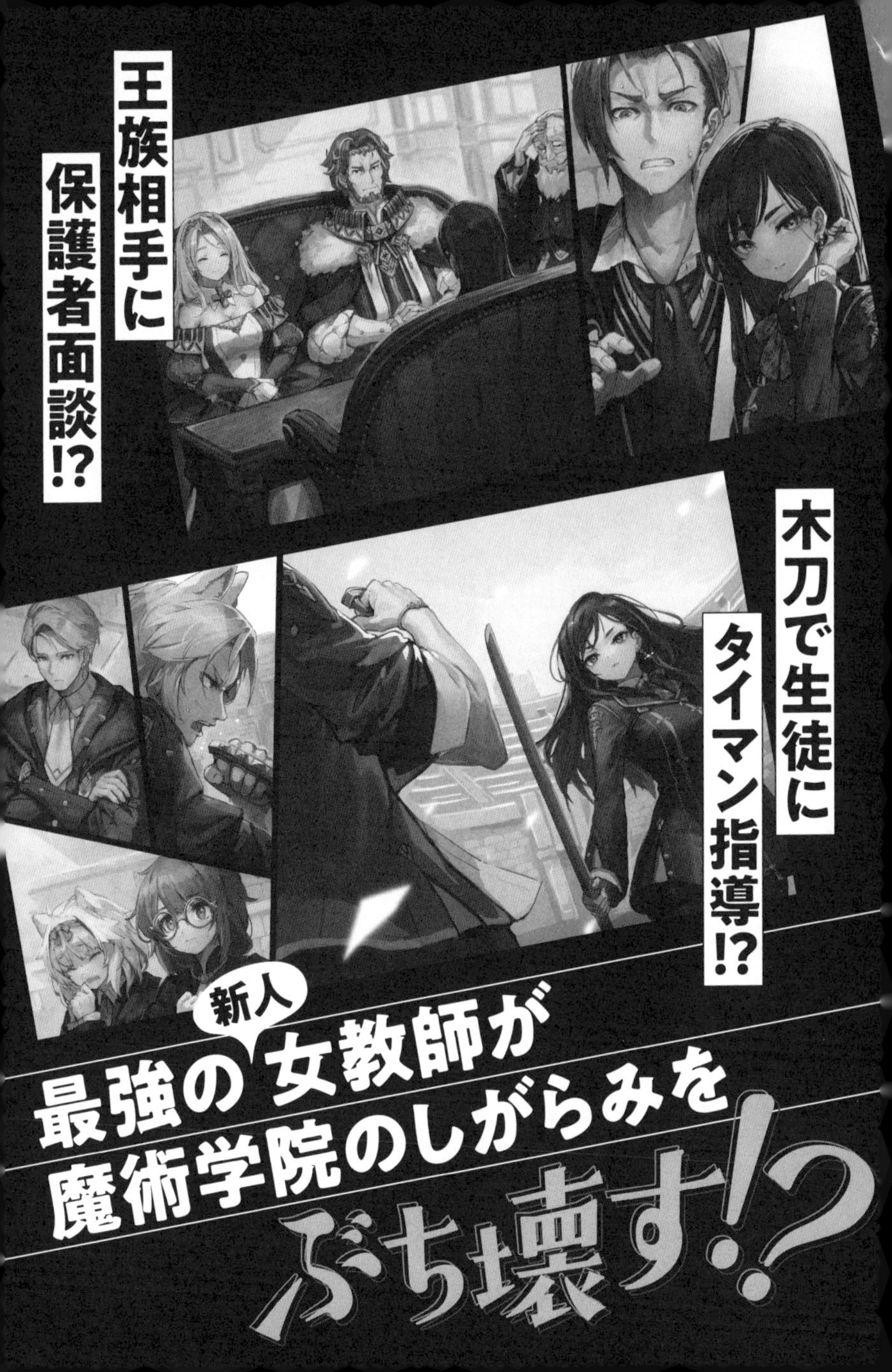
王族相手に保護者面談!?
木刀で生徒にタイマン指導!?
最強の新人女教師が
魔術学院のしがらみを
ぶち壊す!?

EARTH STAR LUNA
アース・スタールナ
辺境の貧乏伯爵に嫁ぐことになったので
領地改革に励みます
～ドラゴンと公爵令嬢～
As I would marry into the remote poor earl,
I work hard at territory reform
第1巻発売中!!
作品詳細はこちら→
著:花波薫歩
イラスト:ボダックス

EARTH STAR
LUNA

無自覚聖女は今日も無意識に力を垂れ流す 4
今代の聖女は姉ではなく、妹の私だったみたいです

発行 ―――――――― 2023年6月1日　初版第1刷発行

著者 ―――――――― あーもんど

イラストレーター ―――― あんべよしろう

装丁デザイン ――――― シイバミツヲ（伸童舎）

発行者 ―――――――― 幕内和博

編集 ―――――――― 筒井さやか

発行所 ―――――――― 株式会社アース・スター エンターテイメント
〒141-0021　東京都品川区上大崎 3-1-1
目黒セントラルスクエア　7F
TEL：03-5561-7630
FAX：03-5561-7632
https://www.es-luna.jp

印刷・製本 ――――――― 図書印刷株式会社

ISBN 978-4-8030-1798-4